NORA BENDZKO

WOLFSSUCHT

Ein Galgenmärchen

- Hinweis zu sensiblen Inhalten und Triggern -

Informationsbedürftige finden hier eine Auflistung zu Gewaltdarstellungen in meinen Büchern:
norabendzko.com/trigger-warnungen

2. Auflage im Februar 2017 erschienen.

Reinlgasse 8/2/8
1140, Wien

norabendzko.com
facebook.com/norabendzkooffiziell
twitter.com/NoraBendzko

Cover-, Umschlaggestaltung und Logo-Design:
Emanuel Santer, santozdesign.weebly.com

Autorenfoto:
Radka Klein von Nachtfrost Photography

Herstellung der Print-Ausgabe:
epubli, ein Service der neopubli GmbH, Berlin, Deutschland

ISBN-10: 3741895784
ISBN-13: 978-374189578

Top 5

www.deutscher-phantastik-preis.de

2017

Gewidmet

Meinem Moritz für seine unendliche Liebe und Unterstützung.

Claudia Overbeck für das Korrekturlesen von »Wolfssucht« und unsere wundervolle Autorenfreundschaft.

Meiner Familie – danke, dass ihr an mich glaubt!

All den Schreibern und Lesern, die mein Leben bisher begleitet haben; ganz besonders die vom Rindlerwahn-Autorenforum.

Charles Perrault und den Brüder Grimm, ohne deren »Rotkäppchen« dieses Buch nie entstanden wäre.

INHALT

Part I
Es war einmal …

Doch schweig ich noch von dem, was ärger als der Tod,
Was grimmer denn die Pest, und Glut und Hungersnot,
Dass nun der Seelen Schatz so vielen abgezwungen.

– Andreas Gryphius: Tränen des Vaterlandes, Anno 1636

Erstes Kapitel

Irina war sechs Jahre alt, als sie den Krieg kennenlernte: Ein Heimat und Leben verschlingendes Ungeheuer. Sie erinnerte sich an alles. An den Winterhimmel, der rot von Flammen widerschien. Die brennende Kälte auf ihrem Gesicht. Das hämmernde Herz ihres Vaters, der sie mit aller Kraft gegen seine Brust drückte. Der Umriss der Mutter vor ihr im Schneegestöber, wie sie die ältere Schwester Leonore an der Hand mitzerrte.

»Schneller!«, schrie der Vater, den Irina stets für seine Größe und Stärke bewundert hatte. Nun zitterte seine Stimme vor Angst. »Schneller!«

Kanonen schmetterten. Häuser fielen krachend in sich zusammen. Die Schreie von Soldaten und Fliehenden mischten sich zu einem untrennbaren Sumpf des Grauens.

All das hörte Irina, ohne zu verstehen, warum es geschah. Das Getöse fraß sich in ihre Ohren, dass ihr die Tränen davon kamen. Schluchzend zog sie ihren roten Mantel enger um sich und drückte sich an die Brust des Vaters, um nichts zu sehen. Doch das half nichts. In ihrem Inneren setzten die Laute sich zu einem bösen Monster zusammen, dessen Zähne sich tiefer und tiefer in ihr Herz gruben.

Hilfesuchend sah sie zu ihrem Vater hoch. Er sagte nichts. Aus grünen, furchterfüllten Augen sah er sie an. Gegen den roten Himmel sah er völlig ergraut aus, mit dem schütteren blonden Haar und dem ebenso spärlichen Bart.

Alle Kraft schien ihn verlassen zu haben.

Und doch las Irina in seinen Augen: Alles wird gut.

Hinter ihnen knallten Schüsse und der Vater lief schneller.

Schatten umfingen sie.

Ein Blick nach oben verriet Irina, dass sie den Wald erreicht hatten. Das dunkle, verzweigte Geäst schob sich schützend über ihre Köpfe und schirmte sie vom schwelenden Himmel ab.

Irina wagte, ihrem Vater über die Schulter zu blicken. Das, was sie sah, ließ sie innerlich gefrieren.

Dort, das kleine Dorf, in dem sie aufgewachsen war: Es zerfiel zu Schutt und Asche. Schneeflocken umtanzten blutige Bilder, in denen Menschen schreiend im Feuer vergingen. Die schwarzen Schemen dreier Soldaten verfolgten die Familie mit erhobenen Waffen.

Der Vater legte Irina die Hand auf die Augen, sodass sie nichts mehr sah. Aber die unzähligen Stimmen des Todes blieben unheilbar in ihrem Kopf. Schüsse fielen und fielen hinter ihnen, dass die Familie vor Angst schrie.

»Schaut nicht zurück!«, rief der Vater Frau und Töchtern zu.

Der Wald verschluckte sie alle.

Sie liefen durch den verschneiten Forst, das Tosen und Brüllen im Rücken. Mit jedem Schritt schienen die Bäume näher zusammen zu rücken, wie die schützenden Leiber uralter Wächter. Irina sah mit großen Kinderaugen um sich, stets in der Erwartung, einen Verfolger hinter den Stämmen zu erblicken.

»Ich kann nicht mehr!«, rief Leonore plötzlich.

Irina drehte den Kopf. Sie sah, wie ihre ältere Schwester niederfiel. Die Kapuze des grünen Mantels rutschte Leonore vom Kopf, gab ihre roten Locken frei. Die Mutter kniete nieder und nahm das Mädchen bei der Hand. Trotz ihrer zarten Gestalt, die noch zerbrechlicher in der zerfransten Jacke wirkte, sprach sie mit absoluter Bestimmtheit: »Wir müssen weiter, Leo.«

Irina konnte die Müdigkeit und Frustration in den Augen ihrer Schwester sehen. Doch Leonore wäre nicht sie selbst, wenn sie nicht gleich aufgestanden wäre. Mit unsagbarer Disziplin für eine Zwölfjährige stemmte sie sich in den Schnee, kam auf die Beine und glättete ihr wirr gewordenes Haar. Aber ihre Augen schlug sie nieder. Ihre Beine zitterten.

Die Mutter sah es und umarmte Leonore. Irina meinte, ein Wimmern von ihrer Schwester zu hören.

Die Mutter drehte den Kopf, ohne Leonore loszulassen. Ihre dunkelbraunen Augen trafen direkt die von Irina. Wie tröstlich ihre Mutter aussah, mit den blonden Locken ums weiche Gesicht, die Hand ausstreckend.

Der Vater ging auf sie zu und gab ihr Irina in den Arm.

Das kleine Mädchen nahm den vertrauten Geruch der Mutter in sich auf, wie ein Verdurstender Wasser. So saßen sie einen Augenblick im Schnee zusammengekauert und atmeten die Gegenwart der anderen.

»Wir werden es schaffen«, sagte die Mutter mit erstaunlicher Ruhe.

»Wir kennen den Wald. Die Soldaten nicht. Wir werden es ins Dorf der Großmutter schaffen, ihr werdet sehen. Und dann werden wir mit ihr Milch trinken und Kuchen essen, wie wir es immer getan haben. Alles wird wieder so sein wie früher.«

Irina hörte es, aber die Erinnerung an die Schreie überdeckte die tröstenden Worte fast zur Gänze.

»Mutter, mir ist kalt«, wisperte sie.

»Ich weiß, Ina. Wir werden es bald warm haben. Bald.«

Irina nickte, weil sie es glauben wollte. Leonore und ihr Vater sagten nichts. Trotzdem musste Irina glauben.

Hinter ihnen wurden Rufe laut.

»Schnell, weiter!«, befahl der Vater. »Ich kann Ina noch tragen.«

»Aber –«

»Keine Zeit zum Diskutieren!«

Die Mutter nickte zögerlich. Mit einem Ruck hob der Vater Irina auf. Letztere nahm eine Bewegung zwischen den Bäumen wahr. »Vater, hinter dir!«

Er duckte sich instinktiv und entging so gerade dem Schuss. »Renn, Frau!«

Die Familie lief, so schnell sie konnte, mit geduckten Köpfen.

Irina zuckte mit jedem Krachen zusammen, von der Erinnerung an ihr brennendes Dorf heimgesucht. Das Nachtgrau des Winterwaldes mischte sich untrennbar mit den rotgetränkten Dunkelszenerien. Gleichmäßig wie der Schneefall liefen die Eltern voran. Die Schüsse dröhnten unaufhörlich.

Irina wusste nicht, wie lange die Jagd ging, bis ihre Kräfte sie verließen. Erlösende Schwärze löschte die Schreie in ihrem Kopf.

Zweites Kapitel

Irina wurde von einem Sonnenstrahl geweckt, der sich in ihren Wimpern festsetzte.

»Da ist jemand«, drang die Stimme ihres Vaters dumpf an ihr Ohr.

Irina war sofort wach. Mit aufgerissenen Augen sah sie sich um. Sie erblickte nichts außer schneebedeckten Tannen und Baumskeletten, zwischen denen die Sonne hervorbrach. Keine Soldaten.

Ihr Vater ging in die Knie, worauf ihr eine Böschung die Sicht versperrte. Die Mutter rückte dicht heran, Leonore an der Seite. Irina sah, dass die Augen ihrer Schwester weiß hervortraten.

»Ruhig«, flüsterte die Mutter. »Vielleicht werden wir nicht bemerkt. Wer immer da ist.«

Irina lauschte angestrengt. Kein Laut war zu hören. Kein Knacken, kein Rascheln, kein irgendetwas, das verriet, dass sich jemand hier befand.

Lautlos tauchte der Schatten auf. Innerhalb eines Lidschlags stand er vor der Familie auf dem Abhang.

»Verdammt!«, schrie der Vater.

Er setzte Irina auf dem Boden ab und schlug den Mantel zurück. Nun sah die Kleine, dass er ein Messer an seiner Hüfte trug.

»Steck das Ding weg«, befahl der Unbekannte, »wenn dir euer aller Leben lieb ist!«

Irina konnte nur die schlanke Silhouette des Fremden im Sonnenlicht erkennen, sowie eine langläufige Waffe, die er drohend von sich streckte.

Der Vater erstarrte mitten in der Bewegung. Dann ließ er die Hand sinken. »Skandar?«

Die Mutter, die Leonore mit bleichem Gesicht an sich drückte, fragte: »Du kennst ihn, Mann?«

»Natürlich! Skandar ist der Sohn des Jägers aus dem Dorf der Großmutter.« Der Vater hob entwaffnend die Hände. »Junge, wir sind keine Feinde! Ich bin der Sohn der alten Gwen. Meine Familie musste fliehen, weil unser Dorf von Soldaten zerstört wurde.«

Der Jägerssohn nahm langsam seine Waffe herunter. »Wo kommt ihr her?« Der Vater nannte den Namen des Dorfes, das nun nicht mehr war, mit gedämpfter Stimme. »Da müsst ihr ja die ganze Nacht gelaufen sein. Dass die Wölfe euch nicht …« Skandar sprach den Satz dankenswerterweise nicht zu Ende. Mit federnden Schritten kam er die Böschung herunter.

Irina konnte nun seine abgewetzte, lederne Kluft erkennen, sowie die Flinte in seiner Hand. Eine Waffe, die sie erstaunte, wusste doch sogar sie, wie viel dergleichen kostete. Skandars Gesicht war für seine sonstige Präsenz erstaunlich weich, die Züge noch jungenhaft, kaum Bart vorhanden, das braune Haar streng geschnitten. Irina zuckte beim Anblick seiner harten dunklen Augen zusammen.

»Ich gebe euch Geleitschutz«, beschloss Skandar. »Mein Dorf ist nicht weit entfernt.«

Den ganzen Weg über blieb Skandar ein schweigsamer Begleiter. Er ging stets vorneweg und gab seine Flinte keinen Moment aus der Hand. So still war er, dass es auf die Familie übergreifen musste.

Irina beobachtete ihn verstohlen von den Armen ihres Vaters aus. Skandars Bewegungen verursachten kein einziges Geräusch. Wie ein einsamer Streuner sah er aus. Allein, anderen abgewandt, nur für sich selbst lebend.

Irina mochte ihn nicht.

»Dort ist es«, klirrte Skandars Stimme durch die Winterluft.

Irina hob den Kopf. Sie konnte Häuser zwischen den lichter werdenden Bäumen erkennen. Mit einem Mal überströmten sie hundert Erinnerungen. Erinnerungen an eine Zeit, in der noch alles gut gewesen war.

Das Lachen von Kindern zwischen den Häuserreihen. Der Duft von heißer Milch mit Honig. Der vergilbte Einband der kostbaren Hausbibel.

Irina wand sich aus den Armen ihres Vaters, um jenen Erinnerungen nachzurennen.

»Ina!«

Sie fiel zu Boden, doch spürte sie ihn kaum. Mit schneller schlagendem Herzen rappelte sie sich auf und lief. Ihr Gesicht schien mit jedem Schritt weiter aufzutauen. Sie lächelte in freudiger Erwartung – um dann zu erstarren.

Eine Barrikade zäunte die Häuser ein, aus Holz, Steinen und Schrott gebaut. Misstrauische Augen und Klingen schauten daraus. Hinter sich hörte Irina ihre Mutter vor Erleichterung aufweinen. Und das, wo die Kälte unerträglich geworden war …

Das Dorf, in das die Familie unter Skandars Führung gelassen wurde, erkannte Irina nicht wieder.

Einen einzigen Eingang gab es in der Verteidigungsmauer, und dieser wurde schwer bewacht. Dabei kannte Irina das Dorf der Großmutter als den freundlichsten und offensten Ort der Welt.

»Wir stehen immer in Bereitschaft, seit der französische König Spanien und Österreich den Krieg erklärt hat«, erklärte Skandar, während er die Palisaden hinter sich ließ. »Mein Vater hat darauf bestanden. Wir sind keine Krieger, sagte er. Und genau deswegen dürfen wir den Krieg nicht ignorieren. Er ist schneller da, als wir glauben. Zumal unser Böhmen zwischen den Fronten liegt und unsere eigenen Herrscher uns längst verlassen haben …«

Irina konnte im Schweigen ihrer Familie deren Betroffenheit hören. Skandar sprach nicht mehr, ganz so, wie man es von ihm gewohnt war.

Warum?, fragte Irina sich. Warum ist mein eigenes Dorf nicht bereit gewesen?

Sie schluckte die Fragen hinunter, um nicht an deren Vergeblichkeit zu ersticken. Stattdessen richtete sie den Blick nach vorn. Das Haus der Großmutter lag mitten im Dorf, in einem weitläufigen Garten, der nun im Winter eine weiße Fläche war. Die Backsteine leuchteten so rot wie eh und je und hoben sich warm gegen den Schnee ab. Aus den Fenstern drang sanftes Licht.

Skandar verließ die Familie ohne ein Wort des Abschieds. Irina bemerkte es nur beiläufig. Ihre Beine bewegten sich wie ohne ihr Zutun zur Haustür. Ehe sie es recht begriff, lief Leonore mit wehend grünem Mantel an ihr vorbei.

»Großmutter!« Leonore drückte die Tür auf, die schon immer unverschlossen gewesen war.

Irina strömte der Geruch von Eichenholz und frisch gekochter Milch entgegen. So roch »Zuhause«.

Das Kichern der Schwestern erfüllte den Raum, während sie die Beine von der Küchenbank baumeln ließen. Sie kuschelten sich gemeinsam in eine Felldecke und wärmten ihre Hände an zwei gefüllten Milchtassen. Ihnen gegenüber auf der anderen Seite des Tisches saßen ihre Eltern. Sie waren ebenfalls mit Decken und warmer Milch ausgestattet und betrachteten die Mädchen froh.

Die Großmutter ließ sich ächzend auf den Stuhl fallen, der am Kopfende des Tisches stand. Anschließend legte sie ihre Nietbrille nieder und rückte ihren grauen Zopf zurecht.

»Was ist passiert?«, flüsterte sie den Eltern zu.

Wohl, damit die Kinder es nicht hörten. Aber Irina vernahm es trotzdem. Sie versteifte sich sofort. Leonore trank unbefangen ihre Milch. Wenn sie etwas gehört hatte, ließ sie es sich nicht anmerken.

Irina beobachtete, wie die Erwachsenen sich leise unterhielten. Die Blicke ihrer Eltern wanderten immer wieder ins Nichts, während sie erzählten.

Irina wandte sich ab und zwang sich zur Betrachtung des kleinen Hauses. Der Eichentisch mit der weißen Decke und dem Immergrün in der Vase, die Küche mit dem Brennofen und dem Waschzuber, das bunte Geschirr an den Wänden, das Bett in der einen Ecke …

Das Wispern der Erwachsenen drang an ihr Ohr. Es schien in ihrem Kopf geradezu anzuschwellen.

Irina hielt es nicht aus: Sie sprang auf. »Leo!«

Ihre Schwester sah sie überrascht von der Seite an, ohne die Lippen von ihrer Tasse abzusetzen.

»Wollen wir durch den Sagenband blättern?«, krächzte Irina. »Du weißt schon …«

Leonores Gesicht hellte sich zum ersten Mal seit langer Zeit auf. »Gerne!«

Irina ließ erleichtert die Erwachsenen am Tisch zurück. Sie machte sich zum Regal auf, das neben dem Bett der Großmutter stand. Leonore nahm ihre Felldecke mit.

Irina musste sich auf die Zehenspitzen stellen, um den Sagenband heraussuchen zu können. Sie erkannte ihn, sowie sie den rauen Einband berührte, so vertraut war sie damit. Alles wird gut, sagte sie sich, nahm die gebundenen Blätter heraus und gab sie Leonore.

Die Schwestern rückten auf dem Teppich zusammen, die Felldecke übergeworfen, und schlugen den Sagenband auf. Ihr verstorbener Großvater, der viel gereist war und lesen konnte, hatte jene Seiten beschriftet und bemalt. Zwischen den geschwungenen schwarzen Lettern flogen Drachen über Ritter und Damen in schillernd bunten Kleidern hinweg. Irina und Leonore konnten nicht lesen, noch nicht: Ihre Großmutter hatte versprochen, es ihnen beizubringen, schon einige Buchstaben mit ihnen geübt. Wenn das Lesen auch noch nicht ganz klappte, so sahen sie sich gerne die Bilder an und dachten sich ihre eigenen Geschichten dazu aus.

Leonore begann sogleich, zu fantasieren: »Es war einmal eine Prinzessin …«

Die Stimmen der Erwachsenen verklangen unter der von Leonore. Irina schmiegte sich wohlig an ihre Schwester und versank in den Pastellfarben des Sagenbands. Nach und nach trieb sie in die innere Stille, die sie erhofft hatte.

Die Tür wurde jäh aufgestoßen. Ein kalter Luftzug fuhr Irina ins Gesicht, dass sie davon fröstelte. Sie hob den Kopf. Ihr wurde noch klammer, als sie sah, wer in der Tür stand.

Skandar. Mit harten Schritten kam er herein und schlug die Tür hinter sich zu.

»Hallo, Skandar Jägerssohn«, begrüßte die Großmutter ihn. Ihre freundliche Stimme zitterte vom Alter. »Möchtest du auch eine warme Milch?«

Skandar schüttelte den Kopf. »Mit dir habe ich nichts zu schaffen, alte Gwen.«

Er blieb beim Tisch stehen, direkt neben den Eltern. Diese sahen unsicher zu ihm hinauf.

»Sagt mir: Glaubt ihr, dass außer euch jemand in eurem Dorf überlebt hat?«

Leonore fiel der Sagenband aus der Hand. Irina begann am ganzen Leib zu beben.

Einen Augenblick herrschte absolute Stille.

»Wahrscheinlich nicht«, sagte der Vater schließlich.

Skandar nickte. »Dann muss ich dort nicht nach Überlebenden suchen.«

Er machte auf dem Absatz kehrt und ging zur Tür.

»Warte!«

Skandar blieb stehen und warf einen überraschten Blick über die Schulter.

»Da … da ist noch … das andere Dorf jenseits des Waldes«, sagte die Mutter abgehackt. »Meine Schwester lebt dort mit ihrer Familie. Sie muss gewarnt werden!«

Skandars Augen blitzten. »Du weißt doch sicher, wo es liegt?«

Sie sah ihn irritiert an.

»Du hast schon richtig gehört: Führ mich dorthin!«

Irina spürte, wie ihr das Blut aus dem Gesicht wich. Der Vater stand mit der Mutter auf, begann wie sie zu protestieren.

Sagt nein, schrie Irina innerlich. Nein, nein, nein …

Das taten ihre Eltern, immer und immer wieder, besorgte Blicke zu ihr und Leonore werfend. Doch Skandar ließ sich davon nicht abspeisen: »Wie soll ich das Dorf sonst rechtzeitig finden? Selbst mit einer ausführlichen Beschreibung könnte ich vom Wege abkommen. Soll deine Schwester gerettet werden oder nicht?«

Mit blassem Gesicht sah die Mutter zu ihm auf. In ihren Augen tobte ein Sturm an Gefühlen. Sie sah schon längst nicht mehr zu ihren Töchtern, als sie mit gesenktem Kopf und schwacher Stimme antwortete: »Wenn es keinen anderen Weg gibt … dann führe ich dich natürlich.«

Hilflos sah Irina ihre Schwester an. Leonore war bleich und stumm wie ein Gespenst.

Der Vater legte der Mutter die Hände auf die Schultern.

»Dann komme ich auch mit«, beschloss er. »Ich kann dich nicht alleine gehen lassen.«

Irina glitt in eine Trance, durch welche die Stimmen der Erwachsenen nicht mehr durchdrangen. Ihr Blick fiel auf den Sagenband, der offen auf dem Fußboden lag. Die Bilder darin verschwammen vor ihren Augen.

Sie wachte erst auf, als ihr durchs Haar gestreichelt wurde.

»In drei Tagen sind wir zurück. Großmutter passt auf euch auf.«

Die Schritte der Eltern entfernten sich, ohne dass Irina die Kraft fand, zu widersprechen. Dann fiel die Tür ins Schloss.

»Geht nicht«, kam es dünn – und viel zu spät – aus Leonore heraus.

Mit einem Mal war Irina von Erinnerungen und Fragen überschüttet. Und diesmal musste sie daran ersticken. Sie schluchzte.

»Na, na!« Die Großmutter kam hinter Irina und umarmte sie. »Es sind nur drei Tage, Süße. Ich weiß, ihr habt Schlimmes durchgemacht. Aber genau deswegen gehen eure Eltern. Damit andere auch gerettet werden können. Wir Dorfleute müssen uns gegenseitig helfen in dieser schweren Zeit …«

Die Worte der Großmutter verrauschten in Irinas Ohren. Da spürte sie etwas an ihrer Hand. Sie blickte auf und sah durch ihren Tränenschleier, dass Leonore sie festhielt. Der starke Blick der Älteren war wie ein Anker für Irina.

Drittes Kapitel

Die Schwestern warteten.

Tagaus, tagein setzten sie sich, wann immer sie konnten, auf die Bank im Garten. Gleich, wie kalt es war, bis in die Abendstunden. Sie gingen erst, wenn die Großmutter sie ins Haus rief.

Der erste Tag verstrich, wie auch der zweite und der dritte, ohne dass ihre Eltern auftauchten. Die Schwestern sprachen nicht. Stumm saßen sie auf der Bank und warteten den vierten Tag ab.

Dann kam der Abend. Im Schneefall erblickten sie drei schwarze Silhouetten, die auf das Haus der Großmutter zusteuerten.

Irina stiegen vor Erleichterung die Tränen in die Augen.

»Mama, Papa!«, schrie Leonore auf und sprang von der Bank.

Irina fiel in ihr Lachen mit ein, lief zur Gartentür – und rannte in die erstarrte Leonore. Verwirrt sah Irina an ihr vorbei.

Dort wurde Skandar von zwei Jungen gestützt, welche die Schwestern nicht kannten. Er humpelte mit deren Hilfe am Haus der Großmutter vorbei. Skandars Kleidung war teils gerissen, sein Gesicht voller Dreck und verkrustetem Blut. Das Weiß seiner aufgerissenen Augen stach daraus hervor. Er sah die Mädchen an. So viel Grauen lag in seinem Blick. So viel Schuld. Starr sahen sie ihm nach, wie er von den Jungen fortgeschleppt wurde.

Den nächsten Tag wartete Irina allein – Leonore kam nicht. Irina war so kalt wie noch nie, obwohl sie sich mit Mantel und Schal auf der Bank zusammenkauerte.

Sie klapperte schon mit den Zähnen, bevor die Sonne herabstieg. Hinter ihr im Haus rief die Großmutter. Irina hörte nicht hin. Erst als sie ein Knirschen im Schnee vernahm, blickte sie auf.

Leonore. Sie war unbemerkt neben Irina getreten.

»Komm rein, Ina.«

Die kleine Schwester schüttelte den Kopf.

»Hör zu …«

Leonore ließ sich auf der Bank nieder, wobei sie einen gewissen Abstand zur anderen wahrte. »Unsere Eltern werden nicht wiederkommen.«

Irina hauchte: »Das ist nicht wahr.«

Leonore saß so krumm auf der Bank, als wäre etwas in ihr zerbrochen.

»Skandar hat nichts gesagt«, warf Irina mit zitternder Stimme ein. »Und Großmutter –«

»Sie wollen uns nicht wehtun. Eher würden sie uns ewig warten lassen.«

Irinas Hals zog sich schmerzhaft zusammen.

»Warum sonst würde Skandar so zurückkommen?«, flüsterte Leonore. »Ohne unsere Eltern? Dreck- und blutverschmiert? Mit diesem Blick?«

Vor Irinas innerem Auge tauchten die Gesichter ihrer Eltern auf. Das sanfte Augengrün des Vaters. Der bestimmte und doch nachsichtige Ausdruck der Mutter.

Die Flammen und Schreie der Erinnerungen schoben sich darüber, bis alles ein einziger Tiegel der Zerstörung war.

»Nein!« Irina sprang entsetzt auf. »Nein, nein, nein!«

Und sie lief.

»Ina!«

Sie hörte nichts. Mit rasselndem Atem rannte sie durch das Dorf. Keinen Menschen um sich nahm sie wahr. Sie spürte, wie jemand sie zurückhalten wollte. Mit einem Schrei riss sie sich los. Ihr Blick wanderte die Palisaden entlang, die wie ein undurchdringlicher Käfig schienen. Da! Dort war ein Loch im Zaun, gerade groß genug für ein Kind. Irina schlüpfte hindurch in Wald und Winternacht.

Ich muss unsere Eltern finden, pulsierte es in ihrem Kopf. Ich muss, ich muss, ich muss …

Ihre Lungen brannten immer schlimmer. Mehrfach stolperte sie über Dornen und Gestrüpp. Dann blieb ihr Fuß endgültig an einer Wurzel hängen. Irina knickte mit dem Bein ein und fiel der Länge nach hin.

»Aua …« Stöhnend rieb sie sich den wunden Knöchel und sah sich um.

Der Wald ragte groß und bedrohlich um sie auf. Außer dem Schimmern des Mondes gab es kein Licht zwischen den Bäumen. Irina wusste weder, wo sie war, noch wo das Dorf lag. In der Ferne heulte ein Wolf.

»… Ina! Ina!«, drang Leonores Stimme an ihr Ohr. »Wo bist du?«

Mit einem Mal wurde Irina bewusst, wie dumm sie war. Wie sollte sie ihre Eltern finden, nachts, allein? Ihr Knöchel tat höllisch weh.

»Ich bin hier, Leo!«

Schritte näherten sich. Leonores Schemen schnitt sich aus der Schwärze zwischen den Bäumen.

»Bist du verrückt?«, zeterte die ältere Schwester. »Einfach wegzulaufen? Was hast du dir dabei gedacht?«

Irina schwieg betreten.

Leonore schnaubte. Dann fragte sie: »Ist alles in Ordnung?«

»Ich habe mir wehgetan.«

»Ach, Dummerchen.« Leonore kniete sich neben Irina. »Ich wollte dir nicht wehtun. Komm, ich helfe dir ins Dorf zurück. Und dann können wir warten, weinen, was auch immer. Zusammen.«

Bevor Irina nicken konnte, verdunkelte ein Knurren den Wald. Erschrocken schaute sie auf die unzähligen Stämme. »Leo … Was war das?«

Ihre Schwester schien etwas zu sehen, das Irina nicht sah, denn ihre Augen weiteten sich. Leonore rückte so nah heran, wie sie konnte.

»Rühr dich nicht«, wisperte sie.

Irina versuchte, ihren Atem so flach wie möglich zu halten, und sah der Nacht entgegen.

Etwas schälte sich aus den Schatten. Irina glaubte zuerst, es wäre ein Tier. Dann erkannte sie, dass das schwarze, zottelige Haar nur am Kopf war. Die Muskeln von Schultern, Rumpf und Beinen glänzten nackt im Mondlicht. War das ein Mensch? Es bewegte sich nicht so. Lautlos pirschte es auf allen Vieren mit kraftstrotzenden Schritten voran und schnüffelte in die Luft. Irina war sicher, es konnte ihre Angst riechen.

»Bleib ruhig«, wisperte Leonore. »Wenn wir uns nicht bewegen, geht es vielleicht weg.«

Irina glaubte das nicht, zumal das Wesen immer näher kam. Sie sah nun, dass es tatsächlich ein Mensch war. Nur unglaublich verwildert, mit ungepflegtem Bart und einer Haut, die dunkel war vom Schmutz. Blau leuchteten seine Augen auf: Ein Mann mit den Bewegungen und dem Blick eines Wolfes.

»Es geht nicht weg«, winselte Irina.

Da sprang Leonore auf. Sie fuchtelte mit den Armen und schrie aus Leibeskräften: »Lass uns in Ruhe!«

Der Wolfsmensch ließ sich keineswegs davon einschüchtern. Im Gegenteil, er lief noch schneller – auf Leonore zu. Irina sah starr, wie ihre Schwester von dem mächtigen Leib niedergerissen wurde.

Leonores Schrei verhallte zwischen den Bäumen. Ihre roten Locken ergossen sich auf den Schnee. Der Wolfsmensch drückte sie mit seinem Körper nieder und biss den grünen Wintermantel auf.

Immer noch konnte Irina keinen Muskel rühren. Nur ihre Augen schlossen sich wie von allein. Sie hörte ein Ratschen und Grunzen. Leonore schrie, wie sie noch nie geschrien hatte. Das Grunzen wurde immer lauter, ging in ein Hecheln über. Dann wurde es stiller – Leonores Stimme verebbte zu einem Wimmern.

Irina fuhr von dem anschließenden Brüllen zusammen. Leonores Heulen mischte sich darunter. Allmählich erstickte es, bis nur noch der Atem des Wolfsmenschen zu hören war.

Zitternd öffnete Irina die Augen: Blut! Überall war Blut!

Und direkt vor ihr stand die Kreatur und starrte sie an. Rot tropfte es von den Wolfslippen in den Schnee.

»Herr im Himmel, was ist hier passiert?«

Irina riss den Kopf herum. Dort stand Skandar zwischen den Bäumen und starrte voller Grauen auf die Szene. Bebend hob er die Flinte und schoss. Das Schrot verfehlte sein Ziel bei weitem. Aber das Krachen des Schusses ließ den Halbwolf verschreckt zurückweichen. Er war mit der Nacht verschmolzen, bevor Skandar nachladen konnte.

Mit schweren Schritten ging der Jägerssohn auf den roten Schnee zu, auf den Leonore gebettet war. »Mein Gott!« Zum ersten Mal hörte Irina Emotion in seiner Stimme. »Es tut mir so leid … Ich bin zu spät gekommen! Was soll ich nur der alten Gwen sagen?«

Irina sagte nichts. Still dachte sie: Ja, du bist zu spät.

Drei Tage, haben unsere Eltern gesagt. Und du bist zu spät gekommen, ohne sie. Wie du für Leo zu spät gekommen bist …

»Ich mache es wieder gut. Ich verspreche es –«

Da konnte Irina nicht an sich halten: »Sag nicht, dass alles wieder gut wird!«

Skandar sah sie erschrocken an.

»Nichts wird wieder gut!«, schrie Irina. »Nichts wird wieder wie früher!« Sie betonte jedes einzelne Wort: »Sie … sind … tot!«

Eine Weile starrte Skandar sie nur regungslos an. Dann versteinerte sein Gesicht zu gewohnter Härte. »Ich werde für dich da sein. Ob du es willst oder nicht.«

»Ich hasse dich«, zischte Irina.

Skandar ignorierte es, ging zu ihr hin und hob sie auf. Irina ließ es willenlos über sich ergehen. Eine schreckliche Angst blitzte in ihr auf. »Lass Leo nicht hier! Die Wölfe werden sie fressen!«

Skandar, der die Arme nur für die Lebende frei hatte, schwieg. Irina weinte nicht, als er sie forttrug. Nie wieder würde sie Tränen haben.

Part II
Das Erwachen

Viertes Kapitel

Keuchend schlug Irina die Augen auf. Sie erkannte die hellhölzerne Decke über ihr und schöpfte Atem. Allmählich verblassten die eben gesehenen Bilder in ihrem Kopf.

Ihr brennendes Heimatdorf. Ihre Eltern. Skandar. Leonore. Der Wolfsmensch. Würden sie nie aufhören, diese Albträume?

Irina rieb sich die Augen, setzte sich auf und schaute zum Bett der Großmutter. Die Alte lag gänzlich unter der Decke begraben, nur ihre weiße Schlafhaube lugte hervor.

Mit sachten Schritten, um sie nicht zu wecken, stand Irina auf. Sie wusch sich das Gesicht mit dem Wasser aus einer Schüssel, die auf ihrem Nachttisch bereit stand. Danach betrachtete sie sich in der Spiegelung des Wassers. Die blonden Locken standen wirr von ihrem Kopf ab. Ein Paar großer, dunkelgrüner Augen leuchtete ihr unter schmalen Brauen entgegen. Die Großmutter sagte immer, dass Irina wie ihre Mutter aussah, nur zierlicher, mit dem spitzen Kinn und den vorstehenden Wangenknochen.

Kritisch betrachtete Irina ihr Spiegelbild, um dann ihren Oberkörper abzutasten. Überrascht lüftete sie ihr Schlafhemd. *Sie* waren schon wieder gewachsen! Das Leinenkleid, das Irina sich anzog, bestätigte sie: Es saß recht eng um die Brust. Tapfer kämpfte Irina sich hinein und ging sogleich den Krieg gegen ihre Haare an.

Der Albtraum war bereits vergessen, als sie in der Küche stand, Milch aufsetzte und Brot schnitt. Das hatte sie gut gelernt mit den Jahren: Vergessen.

Die Großmutter hustete hinter ihr.

Irina füllte eine Tasse mit der warmen Milch und brachte sie zum Bett. Sie lächelte. Oder eher rang sie sich ein Lächeln ab, denn *das* hatte sie nicht gut gelernt mit den Jahren.

»Guten Morgen, Großmutter. Hast du gut geschlafen?«

Die Großmutter grinste Irina aus Falten und eingesunkenen Knopfaugen an. »Danke, Ina-Schätzchen, das habe ich.« Sie nahm die Tasse entgegen, die Irina ihr reichte, und nahm einen Schluck. »Uff, ist das heiß! Jetzt habe ich mir wirklich die Zunge verbrannt.«

Irina setzte sich auf die Bettkante und versuchte ihre Anspannung zu verbergen. »Wie fühlst du dich heute, Großmutter?«

»Nicht viel besser.«

Irina spürte, wie der Stein auf ihrem Herzen merklich schwerer wurde. Sie würde also weiterhin die Großmutter pflegen müssen.

»Ich ruhe mich schön aus«, sagte die Alte wie zur Bekräftigung. »Und du, meine Süße, holst mir brav den Essenskorb von Schwester Agnes. Ja?«

Den leeren Korb unterm Arm und ihren roten Kapuzenmantel übergezogen, ging Irina aus dem Haus. Das Dorf lag mit rauchenden Kaminen vor ihr, grau und braun vom Herbst bemalt. Von derselben Farbe war auch die Kirche, die das Mädchen aufsuchte.

Sie lag beim Dorfplatz, hinter Wohnhäusern, Geschäften und etlichen Straßen, die zur frühen Stunde noch menschenleer vor sich hin schliefen. Zuletzt musste man den Friedhof passieren, um ins Haus des Herrn zu gelangen. Irina fröstelte jedes Mal, wenn sie an den dunklen Kreuzen und Steinen vorbei gehen musste. Sie dachte dabei an ihre Familie, deren Körper irgendwo auf unheiligem Boden verloren gegangen waren.

Ob ihre Seelen nun ruhelos durch die Ewigkeit wanderten?

Irina beschleunigte ihren Schritt. An der Eisentür der sonst hölzernen Kirche angelangt, tat sie einen tiefen Atemzug. Dann trat sie ein.

Gerade begann die Predigt. Oder eher das, was Schwester Agnes für eine Predigt hielt. Sie improvisierte jedes Mal aufs Neue, seit man ihr notgedrungen den Posten des alten Paters zugewiesen hatte. Außer ihr gab es keinen Geistlichen mehr im Dorf.

Die wenigen Stuhlreihen waren vollständig gefüllt, größtenteils mit älteren Menschen, die den Kopf gesenkt und die Hände gefaltet hielten. Unzählige Kerzen beschienen den Raum; sie waren der einzige Schmuck in dieser ach so bescheidenen Dorfkirche. Einen Schatz nur durfte die Gemeinde ihr Eigen nennen: Das ebenhölzerne Jesuskreuz hinter dem Altar. Eine weinende Mosaik-Madonna im Fenster sah darauf herab.

Vor eben diesem Kreuz stand Schwester Agnes mit ausgebreiteten Armen und rief: »Gott ist groß!«

Sie war eine füllige, in die Jahre gekommene Frau, der das Nonnenkleid eine erstaunlich gute Figur verlieh. Ihr faltiges Gesicht erinnerte unweigerlich an einen Hund. Dieser Eindruck wurde noch verstärkt, wenn sie mit ihrer rauen Stimme durch die Kirche bellte. Das einzig Glatte an ihr waren ihre Wangen und auf denen prangten dicke Leberflecken.

»Gott ist größer als wir alle!«

Die Schwester hob die Arme noch höher, wie um jene »Größe« zu demonstrieren.

»Jahrelang tobt nun der Krieg um die Krone und unser Dorf ist verschont geblieben. Gewiss, es gab Verluste. Manche gingen hinaus und kamen nicht zurück. Wie mein Mentor, der Pater, dessen Kirche ich jetzt hüte. Trotzdem haben die Soldaten das Dorf nicht erreicht.«

Sie ließ in einer dramatischen Bewegung die Arme hoch- und niedergehen.

»Die Zeichen sind eindeutig: Gott schützt uns! Solange wir im Dorf bleiben, kann uns nichts geschehen.«

Vielfaches, zustimmendes Gemurmel hallte gegen die Kirchwände. Irina lehnte sich gegen die Tür und hoffte, dass es schnell vorbei sein würde.

»Fürchtet euch nicht!« Schwester Agnes' Stimme senkte sich. »Auch nicht vor der Bestie im Wald. Gott will uns mit allen Mitteln hindern, das Dorf zu verlassen. Nur hier umgibt uns sein schützender Mantel.« Sie faltete die Hände. »Darum sprecht euren Dank mit mir aus – lasset uns beten!«

Die Stimmen der Anwesenden verschmolzen zu einem monotonen Singsang. Irina sprach nicht mit. Auch nicht das »Amen«.

Als sich die Kirche endlich leerte, ging Irina auf Schwester Agnes zu. Die Nonne atmete noch richtig schwer. »Ah, Irina!« Sie tippelte auf das Mädchen zu. »Grüß dich, Kind. Wie geht es deiner Großmutter?«

»Ihre Gesundung wird wohl länger dauern.«

»Hm, hm«, machte Schwester Agnes und nickte. »Deine Großmutter ist eine starke Frau. Wer weiß, wozu sie noch bestimmt ist. Sie wird ihre Prüfung bewältigen.«

Vielleicht hätte Irina Schwester Agnes sogar gern haben können, hätte sie sich nicht ständig mit der »Größe Gottes« und den »Prüfungen des Himmels« wiederholt. Erneut fragte sie sich, ob die Nonne von ihrem religiösen Unvertrauen wusste. Wie sollte Irina auch einen Gott preisen, der Eltern und Schwester hatte sterben lassen? Letztere dazu auf solch grausame Art.

»Ich habe der Großmutter heute etwas Wein und Kuchen zusammengepackt«, holte die Stimme von Schwester Agnes sie aus ihren Gedanken. »Das sollte sie stärken. Komm, gehen wir ins Pfarrhaus, dort steht alles bereit.«

Fünftes Kapitel

Irina war erleichtert, der Gegenwart der schwafelnden, übergläubigen Schwester bald entkommen zu sein. Sie verließ das Pfarrhaus mit einem aufgesetzten Lächeln. Der gefüllte Essenskorb wog schwer unter ihrem Arm.

Inzwischen brach der Morgen hell hinter den Häusern hervor und mit ihm ein ganzer Menschenstrom auf die Straßen. Irina mochte diese Zeit des Tages nicht, wenn man kaum durch das Gedränge kam, es an jeder Ecke stank und das Dorf von den Stimmen der Marktschreier widerhallte. Sie hatte es lieber, ruhig und für sich zu sein. Seufzend drückte sie den Korb an sich und machte sich auf einen unentspannten Rückweg gefasst. Als das Gewusel gar zur hektisch wurde, bog sie in eine Seitenstraße ab, um dem Trubel zu entgehen. Dort roch es noch fürchterlicher. Offenbar wurde hier der Müll der Nachbarschaft in die Gosse gekippt.

Irinas Blick fiel auf zwei Kerle, die ihr entgegen kamen. Ein Bild blitzte in ihr auf. Von zwei Jungen, die vor vielen Jahren dem verletzten Skandar am Haus der Großmutter vorbei geholfen hatten.

Unscheinbar sahen sie aus. Beide befanden sich in jenem seltsamen Lebensabschnitt, wo weder Jungenhaftes noch Männliches äußerlich überwiegt. Der eine war hoch und hager, mit langem blonden Haar, das ihm platt am Kopf klebte, und erbärmlichem Schnurrbart.

Der andere war wesentlich kleiner und hatte ein unförmiges Gesicht, das einem Frosch ähnlich sah, sowie braunen Flaum auf den Wangen.

Irina war ihnen schon öfter begegnet, ohne groß mit ihnen zu tun gehabt zu haben. Da sie die Namen der beiden nicht wusste, hatte sie diese innerlich »Stecken« und »Kröte« getauft.

»He, Rotkäppchen!«, riefen ihr die Jungen entgegen.

Irina kniff bei diesem Namen wütend die Augen zusammen. Die Dorfkinder nannten sie so, weil sie immer ihren roten Kapuzenmantel trug. Denjenigen, den ihr ihre Eltern geschenkt hatten. Und den sie an jenem Tag getragen hatte, da sie ihre Familie verlor. Als Kind hatte der Mantel Irina vollständig gekleidet, inzwischen war er nur noch ein zu kurzer Umhang. Dennoch trug sie ihn. Da keiner der Dorfkinder jemals ihren Namen erfragt hatte, rief man sie »Rotkäppchen« … und das nur selten.

Warum sollte man auch den Namen eines Menschen erfragen, mit dem man nichts zu tun haben möchte? Die Dorfleute mieden Irina, wo sie konnten. Keiner sprach es aus, aber sie wusste selbst, dass man sie für verflucht hielt. Sie hatte als Einzige die Begegnung mit der Wolfsbestie überlebt. Alle anderen Mädchen, die das Biest getroffen hatten, waren zu Tode geschändet worden.

Wie Leonore. Irina hatte es damals nicht gesehen, als augenverschließendes Kind. Aber innerlich hatte sie es gewusst. Dass Leonore etwas Schlimmeres als den Tod erfahren hatte. Die Schreie hatten es Irina gesagt.

Jene Erinnerung hatte sie unaufhörlich verfolgt, wie das Geflüster der wissenden Dorfbewohner hinter ihrem Rücken …

»He, kein Grund, so böse zu gucken!« Stecken hob abwehrend die Hände. »Wir sollen dir nur was von Skandar sagen.«

Irina horchte bei diesem Namen auf. »Was will er?«, fragte sie schroff.

»Dass du zu seiner Jägerzeremonie kommst«, antwortete Kröte, der tatsächlich wie eine Unke quakte. »Unbedingt! Es ist ihm wichtig, sagte er.«

Irina runzelte die Stirn. »Die Zeremonie ist dazu da, seine Reife als Jäger zu beweisen. Wie sollte ich ihm behilflich sein?«

Stecken räusperte sich. »Er hat etwas Besonderes mit dir vor. Mehr dürfen wir nicht verraten.«

Die Jungen schauten sie erwartungsvoll an.

»Auf was wartet ihr?«, fragte Irina.

»Na, auf deine Antwort für Skandar!«

Irina spitzte spöttisch die Lippen, bevor sie in Gelächter ausbrach.

»Richtet dem edlen Herrn aus, er soll sich erst von seinem hohen Ross herunter bemühen, bevor er um Gefallen bitten kann.« Mit diesen Worten stolzierte Irina an den empörten Jungen vorbei.

»So eine Zicke!«, zischte Kröte.

»Blöde Kuh!«, fügte Stecken hinzu.

Irina fauchte über ihre Schulter: »Das muss ich mir von zwei Handlanger-Kötern nicht sagen lassen!«

Sie schimpfte immer noch, als sie über die Türschwelle ins Haus der Großmutter trat.

»Ina-Schätzchen!«, krächzte es ihr entgegen. »Was ist denn los?«

»Ich habe da zwei Esel getroffen. Aber eins nach dem anderen.«

Irina legte ihr rotes Käppchen ab, packte den Essenskorb aus und erzählte. Die Großmutter hörte aufmerksam zu. Dann und wann nickte sie und schaute nachdenklich.

»Süße, du bist zu hart«, sagte sie schließlich. »Skandar ist doch ein toller Mann! Stark, ansehnlich, aufrichtig, mit einer glänzenden Zukunft. Eine durch und durch gute Partie. Mit so jemandem sollte man es sich nicht verscherzen.«

»Großmutter, nicht *das* schon wieder!«

»Ach, Ina, warum magst du ihn denn so gar nicht leiden?«

Irina hielt inne. »Er ist lieblos.« Ja, genau das beschrieb ihn am besten. Lieblos.

»Pah!«, machte die Großmutter. »Das sind doch alle Männer! Nimm Skandar einfach. Oder glaubst du, du findest jemand Besseres in diesem Dorf?«

»Ich will nicht mehr darüber reden.« Mit wütigen Bewegungen schnitt Irina den Zwetschgenkuchen von Schwester Agnes auf. »Vielleicht bleibe ich einfach eine alte Jungfer. Den Gedanken finde ich gar nicht mal so übel.«

»Mädchen, Mädchen«, stöhnte die Großmutter. Sie schaute säuerlich, als Irina ihr Kuchen und Wein brachte. »Geh dann wenigstens zur Jägerzeremonie.«

»Warum sollte ich?«

»Weil ich das will!«

Irina zuckte von dem harschen Ton ihrer Großmutter zusammen.

»Ich bin krank und ans Bett gefesselt. Aber *du* kannst mit deinen jungen Augen die Jägerzeremonie anschauen und mir davon berichten.« Die Großmutter schob sich mit süffisantem Grinsen ein Kuchenstück in den Mund. »Ich werde gut schlafen. Und du, meine Süße, gehst brav hin. Ja?«

Der Dorfplatz war zum Brechen voll mit Menschen, die grölend Bier tranken und in wildem Tanz umeinander sprangen. Irina hatte sich in den Schatten des Wirtshauses geflüchtet und sah dem Pulk zu. Auch sie hatte getrunken, um ihren Kopf zu vernebeln. Es half ihr, den Lärm zu ertragen. Sonst hätte sie es gar nicht ausgehalten. Lärm weckte Stimmen quälender Erinnerungen in ihr.

Ihr Blick wanderte zu einer Horde kichernder Mädchen in ihrem Alter, die unweit von ihr standen. Schrecklich gleich sahen sie aus, das blonde Haar geflochten, im geschnürten Bauernkleid, mit einem Ausschnitt, der schrie: Ich bin noch zu haben! Sie gackerten wie ein ganzer betrunkener Hühnerstall: »Gibt es schon Neuigkeiten wegen Skandar?« »Nein, nichts, seit er vor drei Stunden in den Wald geritten ist.« »Oh, ich bin so gespannt, mit welcher Beute er heimreitet!« »Glaubt ihr, er könnte die Zeremonie nicht schaffen?« »Niemals! Nicht bei einem so starken Mann wie Skandar.« »Und er sieht *so gut* aus!« »Denk nicht dran, er gehört mir!« »Hach, mit Skandar, das wäre ein Traum …«

Irina trank noch mehr, um ihren Würgereiz zu überdecken. Ihr Blick fiel dabei auf zwei Gestalten in einer Gasse.

Es waren ein Junge und ein Mädchen. Sie hätte ebenso gut in die aufgetakelte Gruppe gepasst, die Irina vorher beobachtet hatte, räkelte sich kichernd an der Wand. Der Kerl sah noch schmal und jungenhaft aus, wenn er sich auch möglichst groß vor ihr aufbaute, die Hände neben ihrem Kopf auf der Mauer abstützte. Trunken schwankten sie gegeneinander, kamen sich mit ihren Körpern dabei unverschämt nahe.

Irina beobachtete atemlos, wie sie sich aneinander drückten. Sie hatte ihre Hände in seinem Nacken verschränkt, die Beine leicht angehoben, als wollte sie seine Hüften damit umschließen. Irina faszinierte und widerte es zugleich an, wie ihre Münder einander verschlangen. Das Mädchen gab dabei ein Quieken von sich, ließ ihre Hände schließlich an seinen Seiten herunterrutschen, bis unter seinen Bauch. Der gesamte Jungenkörper wurde von einem Beben geschüttelt, bei dem Irina seltsam heiß wurde. Sie wusste gar nicht, warum, und hatte doch das Gefühl, nicht länger hinsehen zu dürfen. Mit glühenden Wangen wandte sie den Blick ab.

Ihr fiel nun auf, dass in der Nähe der Mädchengruppe Stecken und Kröte standen. Unauffällig versuchten die Jungen ein paar Brüste zu begucken. Irina merkte, dass ihr Glas leer war. Sie fluchte lautlos.

Das Tuten eines Jagdhorns erklang.

»Skandar!«, kreischten die Mädchen wie im Chor auf, Stecken und Kröte gleich mit.

Irina folgte lustlos dem Menschenstrom, der zum Tor des Dorfes strebte. Sie war noch nicht einmal angekommen, als sie schon die »Oh«- und »Ah«-Rufe der Menge vernahm. Das Jagdhorn erklang erneut. Irina kam zum Stehen und reckte den Hals.

Skandar ritt auf einem mächtigen Kaltblut durchs Tor herein. Am Sattel war ein Seil gebunden, mit dem er einen weißen Hirsch hinter sich her schleifte. Groß und stramm sah er aus in seiner Jägerskluft, als er die Hand hob und der Menge zu winkte. Die Leute applaudierten ihm mit leuchtenden Gesichtern.

Widerlich, dachte Irina.

Nun erklang die Glocke der Kirche. Die Menge teilte sich wie auf Befehl, sodass eine Reihe zu Skandars Linken und Rechten entstand. Auf dem frei gewordenen Weg kam ihm Schwester Agnes entgegen, mit breitem Lächeln und ausgebreiteten Armen.

»Skandar!«, rief sie. »Komm zu mir, mein Sohn.«

Er stieg elegant vom Pferd ab und stellte sich, die Hände hinterm Rücken, vor die viel kleinere Nonne.

»Ein weißer Hirsch ist eine Beute, die schöner nicht sein kann«, sagte Schwester Agnes feierlich. »Der Hirsch ist der König des Waldes, und Weiß ist die Farbe des Reinen, Unschuldigen und Göttlichen. Du bist wahrlich mit großen Zeichen gesegnet. Knie nieder!«

Skandar tat, wie geheißen. Schwester Agnes malte mit ihrem Finger ein unsichtbares Kreuz auf seine Stirn.

»Von heute an«, verkündete sie, »bist du nicht mehr Skandar Jägerssohn, sondern Skandar der Jäger.«

Skandar wurde von tosendem Jubel umfangen, als er sich erhob. Schwester Agnes machte eine Schweigen bedeutende Geste, worauf es still wurde. »Sprich, Skandar. Sag, was der neugeborene Jäger zu sagen hat.«

Irina konnte, obwohl sie so weit weg von Skandar stand, die Nervosität in seinem Gesicht erkennen. Und das wollte etwas bei diesem stoischen Mann heißen.

Skandar tat einen tiefen Atemzug, bevor er begann: »Es bedeutet mir viel, dass ich dieses wundervolle Tier heute erlegen durfte. Keine größere Ehre kann einem Jäger zuteil werden. Ich wünschte, mein Vater wäre hier, um mich sehen zu können.«

Skandar unterbrach sich, um einen Moment andächtiger Stille zu gewähren.

»Aber ich glaube fest daran, dass er seiner Pflicht genüge getan hat, als er von uns ging. Ich verspreche, ihm ein würdiger Erbe zu sein. Ich werde das Dorf mit all meiner Macht schützen.«

Ein neuer Jubel wurde laut. Skandar wartete, bis der Applaus verebbt war, und fuhr fort: »Jäger zu sein, verlangt viel Verantwortung. Nach dem Tod meines Vaters habe ich mich oft allein mit dieser Aufgabe gefühlt. Auch wenn ich daran gewachsen bin, will ich nicht länger alleine bleiben. Mit jemand anderem im Rücken werde ich stark genug sein.« Er nahm die Zügel seines Pferdes in die Hand und rief: »Irina? Bist du hier?«

Sie erstarrte vor Schreck.

»Irina?«, erhob sich das Gemurmel der Dorfleute. »Wer ist das?«

Skandar trat einen Schritt vor. »Hat jemand Rotkäppchen gesehen?«, rief er lauter.

Irina glitt der Becher aus ihrer taub gewordenen Hand. Die Köpfe aller Anwesenden wandten sich nach dem anschließenden Klappern um. Stecken und Kröte wiesen mit ausgestrecktem Finger auf Irina. »Da ist sie!«

Skandars Gesicht gewann seine typische Starre zurück. Er führte sein Pferd in Irinas Richtung. Sie wusste, dass Flucht zwecklos war, also sah sie ihm mit erhobenem Kinn und verschränkten Armen entgegen.

»Irina.«

Skandar zog ein Messer aus seinem Gürtel und zerschnitt das Seil, mit dem der Hirsch gebunden war. Das tote Tier klatschte Irina vor die Füße.

»Ich will dir diesen Hirsch und mit ihm meine Liebe schenken.«

Ein Keuchen ging durch die Menge. Das schmerzliche Quietschen der Mädchen war besonders laut zu hören.

»Oh, wie wunderbar!«, rief Schwester Agnes aus.

Irina schaute Skandar an, als hätte er den Verstand verloren.

»Werde meine Frau!« Er ließ sein Messer fallen, um ihre Hand zu ergreifen. »Ich und du, Irina!«

Sie zögerte keine Sekunde: »Nie!«

Wieder erklangen Ausrufe des Entsetzens. Für einen Augenblick war Skandars Selbstsicherheit vollkommen zerschlagen.

Dann fragte er mit eisiger Miene: »Warum nicht?«

Irina wollte sich seiner Hand entziehen. »Du willst nicht, dass ich dich mit meiner Antwort noch mehr vor den Leuten blamiere.«

Er hielt sie mit eisenhartem Griff fest. »Warum nicht?«, fragte er mit Nachdruck.

Irina sagte ohne jede Emotion: »Deine Liebe willst du mir schenken? Du weißt gar nicht, was Liebe ist. Du siehst nur dich selbst und deine Rechtschaffenheit und rückst andere so in deine Welt, dass alles zusammenpasst. Aber einen Makel gibt es: Mich, das verfluchte *Rotkäppchen*. Die Familie, die du nicht retten, das Monster, das du nicht erlegen konntest. Und nun willst du mich, die dein Versagen verkörpert, zum Baustein deines Erfolges machen. Hier, vor aller Augen, damit ich mich nicht zu widersprechen traue und deine perfekte Zeremonie zerstöre. Aber du hast dich in mir getäuscht: Ich traue mich sehr wohl! Denn ich habe selbst erfahren, wie es sich anfühlt, etwas durch Feigheit zu verlieren. Und ich könnte nur mit dir unglücklich sein, weil ich dich nicht liebe, in hundert Jahren nicht. Niemals würde ich einen Mann wie dich wollen!«

Skandars Hand wurde mit jedem Wort schlaffer, bis sie von ganz allein niedersank. Irina drehte ihm den Rücken zu und ging. Das Schweigen der Menge begleitete jeden ihrer Schritte.

Sechstes Kapitel

Lau streichelte der Wind Irina wach. Sie blinzelte der Sonne entgegen, die gerade zwischen den Bäumen unterging. Im schwindenden Licht erkannte sie drei schwarze Silhouetten.

»… Ina!«, flüsterte der Wind in ihr Ohr. »Ina!«

Sie erhob sich aus dem weichen Gras. Der Duft von Blumen umfing sie. Es war so ruhig auf dieser Waldlichtung, so friedlich. Alles durchwirkte das Gefühl von »Früher«.

Je länger Irina die Gestalten vor der Sonne betrachtete, desto breiter lächelte sie. »Mama! Papa!« Sie lief auf sie zu. »Leo!«

Der letzte Strahl erstarb zwischen den Bäumen, dass es ganz und gar dunkel wurde. Irina blieb verzagt stehen. Dort, wo sie die Gestalten zuletzt gesehen hatte, leuchtete es aus der Düsternis. Unheilig gelbe Augen.

Ein grässliches Ratschen erklang, als würden Körper zerreißen, um etwas viel Größeres hervorzubringen. Irina sah, wie die gelben Augen höher und höher stiegen. Schwarzes Fell hob sich gegen Mondlicht ab.

Du hast uns gehen lassen! *Es rollte wie Donner durch ihren Kopf.* Du hast mich der Bestie ausgesetzt! *Irgendwo in dem Grollen waren noch die Stimmen ihrer Eltern und die von Leonore zu hören.* Es ist deine Schuld!

Irina wich entsetzt zurück, die Hände von sich gestreckt.

»Es tut mir leid!«, beteuerte sie. »Ich wollte das nicht, ich –«

Ein schreckliches Heulen schnitt ihre Worte ab. Wie ein einziger Körper fiel die Wolfsnacht auf sie hernieder, riss an ihrem Leib, bis es warm an ihr herunterlief.

Geh mit uns unter, geh mit uns unter, geh mit …

Japsend fuhr Irina aus dem Schlaf. Sie brauchte eine Weile, um die dunklen Schemen um sie herum als das Haus der Großmutter zu erkennen. Die Bilder des Traumes kamen in ihr hoch. Sie schlug die Hand vor den Mund, um nicht zu erbrechen.

Nach und nach erinnerte sie sich, was geschehen war: Sie hatte Skandar abgelehnt. Anschließend war sie nach Hause gegangen, wo ihre Großmutter geschlafen hatte. Dann hatte Irina sich zu Bett begeben und …

Die Erinnerung an die gelbäugigen, wölfischen Schatten ihrer Familie jagten ihr einen Schauer über den Rücken. Sie versuchte, das schmerzhafte Pulsieren in ihrem Inneren auszublenden. Es gelang ihr nicht. Mit einem Mal merkte sie, dass ihre Schenkel nass waren und aneinander klebten. Zitternd tastete sie nach der Zunderbüchse auf dem Nachttisch. Sie brauchte eine Weile, eine Kerze anzuzünden, so bebten ihre Finger. Schließlich entbrannte ein Funken den Docht.

Die Decke zwischen Irinas Beinen war tiefrot getränkt. Ihr Herz begann zu rasen. Leonore kam ihr in den Sinn, in blutigem Schnee begraben. Die Kerze fiel ihr aus der Hand. Sofort erlosch die schwache Flamme. Irina schrie in Grauen.

»Ina-Schätzchen! Was ist denn los?«

Irina hörte es kaum. Noch immer schrie sie wie von Sinnen.

»Herrgott!«

Die Kerze auf dem Nachttisch der Großmutter ging flackernd an. Irinas Schreien ging in ein verzweifeltes Heulen über.

»Ina!«

Das runzelige Gesicht der Großmutter tauchte vor dem ihren auf, die Augen zwischen den Falten weit aufgerissen.

»Komm zu dir, Mädchen!«

Irina entrang sich ein Wimmern: »Ich werde sterben, Großmutter! Sterben, wie Leo. Wie meine Eltern. Die Bestie frisst mich!«

»Unsinn, es war nur ein böser Traum –«

»Blut! Überall ist Blut! Oh, Leo …« Irina schluchzte haltlos.

Die Großmutter gab einen überraschten Laut von sich. »Das ist … Heilige Maria! Ina-Schätzchen, es ist alles gut mit dir.« Die Arme der Alten umfingen Irina. »Du wirst nur zur Frau.«

Irina verstummte.

»Ganz recht. Eine Frau zu werden, ist eine blutige Angelegenheit.« Die Großmutter strich ihr lächelnd die blonden Locken zurück. »Ich säubere dich und das Bett. Und dann erzähle ich dir, was du wissen musst.«

Das mit Wolle gefüllte Leinengebinde, das Irina zum Tragen bekam, kratzte unwohl zwischen ihren Beinen. Auch schnitt es in ihre Hüften. Die Großmutter hatte die Leinentücher eng um den Unterleib geknotet, damit sie nicht auseinanderfielen.

Irina bewegte mehrmals die Hüften in dem Versuch, eine gemütlichere Position zu finden. Die Tasse mit der heißen Milch drückte sie gegen ihren Bauch, um dessen Schmerzen zu dämmen. Die Erklärungen der Großmutter rauschten dumpf durch ihre Ohren.

»Warum«, fragte Irina, als die Alte geendet hatte, »hat Gott uns Frauen so gemacht?«

»Das weiß niemand, Ina-Schätzchen.« Die Großmutter ergriff ihre Hand. »Aber eines ist sicher: Deine Zeit ist gekommen. Nun, als erwachsene Frau, muss dich ein Mann wählen.«

»Und wer soll das sein?«, fragte Irina, obwohl sie die Antwort schon wusste. Vor ihrem inneren Auge sah sie das kalte, dunkeläugige Gesicht von Skandar.

Die Großmutter lächelte.

»Er hat mich heute gefragt, ob ich seine Frau werden will. Ich habe Nein gesagt.«

Das Lächeln der Alten gefror. »Du hast was?«

»Ich will ihn nicht, Großmutter.«

Der Schlag, der Irinas Gesicht traf, war so heftig, dass ihr Kopf davon herumgerissen wurde. Keuchend hielt sie sich die schmerzende Wange.

Das Gesicht der Großmutter war kalt vor Zorn. »Wie konntest du dumme Göre ihn abweisen?«

Irina schaute verständnislos. »Was ist mit dir, Großmutter?«

»Sei still!« Nie hatte die Alte so eisig ausgesehen. »Ich will nur das Beste für dich, Ina. Und Skandar ist das Beste, was du kriegen kannst.«

Irina funkelte sie rebellisch an. »Aber ich liebe ihn nicht.«

Das Gesicht der Großmutter war voll gnadenloser Härte. »Du wirst jetzt schlafen. Und morgen, meine Süße, wirst du brav mit Skandar reden. Verstanden?«

Irina erwachte am Morgen mit schrecklichen Schmerzen. Es hämmerte in ihrem Kopf, ihr Unterleib war komplett wund, sogar ihre Wange brannte noch. Am Liebsten wäre sie in den erlösenden Schlaf zurückgedämmert. Sowie sie das dachte, wurde ihr die Decke weggezogen.

»Steh auf!«

Mühevoll öffnete Irina die Augen.

Sie sah die Großmutter, wie sie mit blitzenden Augen, die Hände in die Hüfte gestemmt, vor dem Bett stand.

»Zieh dich an, Ina. Und bloß nicht zu langsam! Ich will mich wieder hinlegen.«

Die Großmutter beobachtete mit Argusaugen, wie Irina ihre allmorgendliche Pflege vornahm. Die junge Frau betrachtete sich unsicher im Spiegel, als sie nur noch mit dem Gebinde um ihren Unterleib dastand.

»Trag es, bist du ausgeblutet bist«, sagte die Großmutter knapp. »Die Kleider an und ab an den Besen mit dir!«

Den ganzen Morgen, Mittag und Frühnachmittag ließ die Großmutter Irina arbeiten. Jede noch so kleine Ecke sollte blankgeputzt werden. Erst als die Sonne schon vom Himmel stieg, ließ die Großmutter sie aufhören. Zuletzt sollte Irina das rote Käppchen über ihr weißes Leinenkleid anziehen. Sie tat, wie geheißen, und blickte ihrem Ich im Spiegel Mut machend in die Augen. Dann wurde sie zur Tür geschickt. Irina drückte die Klinke herunter, ahnend, wer draußen auf sie wartete.

Skandar hatte seine besten Kleider angelegt. Die Arme hinter dem Rücken verschränkt, sah er sie aus erwartungsvollen Augen an. Sie starrte stumm zurück.

»Wir müssen reden«, sagte Skandar schließlich. »Allein.«

Siebtes Kapitel

Skandar brachte Irina zum Schuppen hinterm Haus, wo die Großmutter ihre meisten Lebensmittel aufbewahrte. Die Tür dort ließ sich problemlos öffnen. Irina schloss daraus, dass die Alte sie über Tag aufgesperrt hatte. Wahrscheinlich, als das Mädchen Wasser holen gegangen war. Die pure Wut packte Irina bei dem Gedanken, dass Skandar und die Großmutter einander so zuspielten. Sie ging nur voller Widerwillen in den Schuppen. Skandar ließ die massive Tür hinter ihnen ins Schloss fallen.

Der muffige Geruch von altem Kohl schlug Irina entgegen. Unmengen von Säcken, Kisten und Regale voller Flaschen stapelten sich vor ihr, kaum beschienen von dem Licht, das durch das Fenster in der Decke fiel. Irina setzte sich auf einen Korb voll Rüben und schlug die Beine übereinander.

»Was willst du, Skandar?«

Sie konnte kein Gefühl in seinem Gesicht erkennen, doch bemerkte sie, wie er mit dem Fuß im Boden scharrte.

»Du hast mich zum Gespött der Leute gemacht, weißt du das?« Seine Stimme schwankte seltsam.

»Du wolltest es nicht anders. Ich habe dich gewarnt.«

»Hör auf, die Unnahbare zu spielen. Ich habe dich längst durchschaut.«

Nun hob Irina interessiert das Kinn. »So?«

»Du wirst von ihren Geistern verfolgt. Seit jener Winternacht vor vielen, vielen Jahren.«

Der Schreck zog Irina das Herz zusammen.

»Du weißt gar nichts«, flüsterte sie. »Du weißt nicht, wie ich mich fühle.«

»Nein, das weiß ich wirklich nicht. Aber ich kann trotzdem sehen, was du bist. In jener Nacht hast du nicht vollständig überlebt. Das Mädchen, das ich aus dem Wald trug, ließ auf ewig etwas bei der verlorenen Schwester zurück. Wann immer ich dich sah, wurde mir das bewusst. Die Jahre vergingen, und doch fügtest du dich nie ins Dorf ein. Du bliebst eine Fremde. Eine Verfluchte und Gottverlassene. Noch immer schaust du mich an wie ein wundes Reh.«

Irina sah ihn offensiv an. »Und was ist dein Verlangen, Skandar? Das *wunde Reh* zu heilen? Oder es nieder zu jagen?«

Er blieb ihr die Antwort schuldig. »Irina … Ich vergebe dir, dass du mich beschämt hast. Ich will dich noch immer.«

Sie zischte verächtlich. »Du lernst es nie, oder?«

Skandar gab ein kurzes, dunkles Kichern von sich. Irina blinzelte irritiert.

»*Du* bist diejenige, die zu lernen hat. Deine Großmutter hat mir gesagt, dass du zur Frau geworden bist, weißt du?«

Irina fuhr es kalt den Rücken hinunter. »Und?« Ihre Stimme klang dünner, als sie wollte. »Was hat das mit dir zu tun?«

»Viel, Irina.«

Er trat an sie heran, so nah, dass sie seinen rasselnden Atem spüren konnte. Nun merkte sie, dass Skandar ganz bitter roch.

Als hätte er Unmengen Bier getrunken.

»Die Großmutter ist dein Vormund.«

Skandar offenbarte lächelnd seine Zähne, während die letzten Strahlen der untergehenden Sonne durchs Fenster starben.

»Der Vormund entscheidet, wen du heiraten darfst. Wir wissen doch beide, wen die Großmutter für die beste Partie hält?«

Irina erkannte zu spät, dass es aus dem Schuppen keinen Fluchtweg für sie gab. Skandar versperrte ihr direkt die Tür. Ehe sie wusste, wie ihr geschah, packte er ihre Handgelenke.

»Jetzt kann ich dich haben, ob du willst oder nicht. Du gehörst mir!«

Er drängte sie gegen die Wand.

Irina versuchte vergeblich, sich aus seinem Griff zu winden. Sie wollte schreien – da presste er seine Lippen auf die ihren. Angewidert wollte sie ihm ihren Mund verweigern. Er ließ sie mit einer Hand los und drückte ihr mit den Fingern so gegen die Wangen, dass sie sich ihm öffnen musste. Seine Zunge glitt in sie. Mit der anderen Hand betastete er ihre Brüste und drückte seinen Schenkel zwischen ihre Beine. Ein stechender Schmerz ging durch Irinas Unterleib. Als Skandar endlich seine Lippen von ihr löste, schnappte sie gierig nach Luft. Er presste ihr sogleich eine Hand auf den Mund.

»Es wird dir sehr gefallen«, hauchte er trunken. Die Finger seiner anderen Hand glitten unter ihren Kragen und wanderten ihre Haut entlang. »Das verspreche ich dir.«

Irina erkannte, dass sie gegen Skandars Stärke nicht mit Sturheit ankommen würde. Also wählte sie einen anderen Weg: Sie öffnete Skandar ihre Beine. So, wie sie es bei dem Mädchen und dem Jungen auf dem Marktplatz gesehen hatte. Skandars Schwellung rieb durch seine Hose gegen ihren Unterleib. Der Schmerz war allgegenwärtig. Trotzdem zwang sie sich zu einem falschen Laut des Wohlgefühls, wie ihn auch das Mädchen von sich gegeben hatte.

»Irina?«, keuchte Skandar.

Seine Überraschung wurde noch größer, als sie die Beine um seine Hüften presste. Verschreckt zog er seine Hand zurück. Einen Augenblick sah er sie völlig starr an. Sie lächelte, warf die Arme um seine Schultern und zog sich zu ihm hoch. Da fand seine Zunge wieder den Weg in ihren Mund, den sie ihm diesmal öffnete, tobte regelrecht darin. Die Kraft schien seinen Körper zu verlassen und vollständig in die Erregung zwischen seinen Beinen zu fließen, die stärker und stärker gegen sie drängte. Er schob die Zunge immer tiefer in sie hinein und seufzte in ihren Mund.

Dann, als Irina sicher war, dass er jede Kontrolle verloren hatte, biss sie ihm in die Lippen. So fest sie konnte, bis das Blut kam. Skandars Gestöhne wandelte sich zu einem Schrei der Agonie, der jegliche Erregung in ihm kappte. Irina löste ihre Lippen von ihm, wobei sie ausspuckte. Skandar warf heulend den Kopf zurück und hielt sich den Mund. Den Augenblick nutzend, rutschte Irina von ihm herunter und schlug mit aller Kraft zu. Zwischen seine Beine, weil ihr das am nächsten war.

Skandar klappte mit einem solchen Jaulen zusammen, dass es sie selbst erschreckte.

Irina eilte zur Tür und stieß sie auf. Die Arme schützend um ihren Körper gelegt, rannte sie hinaus. Ein Würgeanfall zwang sie in die Knie, kaum dass sie sich ein paar Schritte vom Schuppen entfernt hatte. Sie rappelte sich auf – und wurde von Verzweiflung niedergestreckt.

Wo sollte sie hin?

Die Schreie im Schuppen hinter ihr ließen sie erkennen, dass sie auf keinen Fall zurück wollte. Sie lief, die Hand vor den Mund geschlagen. Der Ekel stand ihr bis zum Hals, als sie zum Schlupfloch in der Mauer floh. Selbst nach all den Jahren war es noch da. Irina passte gerade so mit ihrer schlanken Figur durch.

Sie wartete auf Tränen, die nicht kamen. Dereinst hatte sie diese verloren, im Wald, der sie nun wieder einschloss. Sie fühlte sich schuldig, dreckig, verloren und konnte doch nicht weinen. Lautlos verschwand sie zwischen den Bäumen, wie der Herbst. Das Braungrau im Abendrot wich ersten Schneeflocken, die unter ihren Augen festfroren.

Irina blieb mitten im Forst stehen, wo es nichts gab als sie und ihre Fragen ohne Antworten. Sie sah den einsam schneienden Himmel voller Klage an: Warum lebe ich?

Ein Knurren ließ sie den Blick senken.

Dort stand er. Die menschliche Kontur auf allen Vieren hob sich dunkel gegen die Bäume ab. Seine blauen Augen fixierten Irina gnadenlos, als die Nacht sie beide überrollte.

Einen Augenblick stand sie starr vor Todesangst. Bilder von Leonore rauschten durch ihren Kopf, Bilder, die sie niemals hatte vergessen können.

Dann wurde die Sehnsucht unendlich groß in ihr. Ja, sie sehnte sich nach einer Welt ohne Angst, Einsamkeit und Schuld. Sie wollte sein, wo ihre Familie war.

Irina blickte ihn an, den Wolfsmenschen, der ihre Kindheit gestohlen hatte. Und dann nahm alles in ihr Überhand. Erinnerungen, Geister und Emotionen wurden zu einem dunklen Sog, der sie in den Wahnsinn zerrte.

Irina ging auf ihn zu. Sie riss sich das Käppchen vom Kopf, das Kleid vom Leib, alles, bis sie nur noch nackt und sie selbst war.

»Nimm mich auch!«, schrie sie dem Wolfsmenschen entgegen. »Bestrafe mich, vernichte mich, zerstöre mich!«

Sie warf sich ihm in die Fänge.

Der Schmerz überflutete ihren Leib wie eine rote See, doch Irina spürte ihn kaum. Sie schrie und heulte wie besessen, bedrängte den anderen Körper in einem grenzenlosen Rausch. Er umfing sie wie die Nacht selbst, blauäugiges Ungeheuer, das er war. Jede seiner Bewegungen war wild und lieblos und triebgesteuert. Und doch zerbrach Irina nicht daran. Als wäre ihre Wut stärker als die der Bestie.

Der Schnee brannte kalt auf ihrer heißen Haut, während sie die Erschöpfung überkam. Der Wolfsmensch lag direkt auf ihr, keuchte neben ihrem Ohr. Jeder Muskel an seinem Körper zitterte. Irina konnte ihn in ihrem weinenden Schoß spüren.

Er hob den Kopf und sah sie an.

Irina wartete auf das Ende, dasselbe, das Leonore erfahren hatte. Alles in ihr schrie danach.

Doch sein Blick wich nicht von ihr. Er schaute sie an, so lange und tief, dass das Monster aus seinem Gesicht zu schwinden schien. Als würde die Dunkelheit von ihm fortfließen. Irina nahm die Fältchen um seine Augen wahr, die Bräune in dem wettergegerbten Gesicht, eingerahmt von dunklem Filzbart und Haaren, die länger als die ihren sein mussten. Und sie sah in seinen tiefblauen Augen ein wahrhaft menschliches Gefühl: Unsicherheit.

Er ging von ihr fort. Mit langsamen, vorsichtigen Schritten.

Irina sah es voller Unglauben.

»Warum?«, flüsterte sie. »Warum lässt du mich leben?«

Er verschwand im Wald, ohne für einen Moment den Blick von ihr zu nehmen. Seine blauen Augen waren das Letzte, was Irina in der Dunkelheit sah.

Zitternd lag sie auf dem Waldboden, nackt, über und über dreckverschmiert. Dann stieß sie einen Laut der Verzweiflung aus. Ihre Stimme verhallte ungehört im Wald.

Lange harrte sie, von Schwärze und Kälte umgeben, bis sie jemanden hörte.

Skandar. Er rief ihren Namen.

Mühevoll stand Irina auf, die Hände auf ihrem stechenden Bauch. Im Mondlicht konnte sie die dunklen Blutstropfen erkennen, die sie auf dem Waldboden hinterlassen hatte.

Sie folgte jener Spur zu ihren Kleidern. Während sie sich anzog, fiel ihr Blick auf das rote Käppchen, das noch im Laub lag.

Irina nahm es in die Hände und befühlte den samtenen Stoff. Immer fester drückten ihre Finger, bis sie sich gänzlich ins Käppchen gruben. Mit einem Ratschen riss Irina es entzwei. Die Fetzen fielen lautlos zu Boden.

Part III
Mensch und Tier

Achtes Kapitel

Die Nacht floss an Irina vorbei, als sie auf allen Vieren dem Mondlicht entgegenstrebte. Der Wind küsste ihre nackte Haut. Jenseits des Waldes wartete nur noch die See der Sterne. Zwei davon leuchteten ihr blau entgegen, unsagbar gefährlich, wie blitzende Klingen eines Diebes. So glänzte die Freiheit.

Irina ging voran, ein Heulen in der Kehle. Unter ihren Füßen schmolzen die Gesichter von Vater, Mutter und Leonore in den Schnee.

»Irina!«

Nur schwer fand sie aus ihrem Traum, der schönste, den sie seit vielen Jahren gehabt hatte. Das leberfleckige Gesicht von Schwester Agnes schaute ihr besorgt entgegen.

»Sprich mit mir, Kind!«

Irina begriff allmählich, wo sie sich befand. Der Boden war kalt gegen ihre bloßen Schultern. Leidgezeichnet schaute der Ebenholz-Jesus von der Wand auf sie herunter. Der dunkle Leib der Kirche wölbte sich über ihr. Durch die Fenster schimmerte der Mond.

Irina flüsterte: »Wie bin ich hierher –«

Eine wohlbekannte Stimme zerschnitt die ihre: »Ich habe dich hierher gebracht.«

Irina hob den Kopf und sah Skandar. Mit verschränkten Armen stand er hinter Schwester Agnes, ganz und gar ausdruckslos.

»Du bist in den Wald gelaufen.« Das Sprechen fiel ihm schwer, weil seine Lippe geschwollen war.

»Ich rannte dir nach, um dich zu suchen. Nach einer halben Ewigkeit sah ich dich, wie du beschmutzt und mit schlecht sitzenden Kleidern zwischen den Bäumen umhergestolpert bist. Als du mich sahst, fielst du zu Boden und warst sofort ohnmächtig.«

Schwester Agnes fragte mit großen Hundeaugen: »Was ist passiert?«

Bilder blitzten in Irina auf. Dunkelrote Bilder der Sünde. »Ich weiß es nicht«, log sie.

Dumpfe Stille machte sich in der Kirche breit.

»Ich glaube, ich bin mondsüchtig«, spann Irina ihre Lüge weiter. Sie bemühte sich, besonders traurig und verunsichert dreinzuschauen. »Mehrmals schon bin ich im nächtlichen Wald aufgewacht, ohne zu wissen, wie ich dorthin gekommen bin.«

Schwester Agnes seufzte schwer. Skandar zeigte keine Regung.

»Du hattest große Angst, nicht wahr?«, fragte die Nonne.

Irina gelang es, ein paar falsche Tränen aus ihren Augen zu drücken.

»Ach, Süßes …« Schwester Agnes umarmte sie.

Irina erwiderte die Geste widerwillig.

»Die Geister deiner Familie treiben dich in den Wald«, seufzte Schwester Agnes. »Wenn nicht gar das Wolfsungeheuer selbst … Lass mich ein Gebet für dich sprechen, auf das alles Böse von dir fällt.«

Skandar musste auf Schwester Agnes' Anweisung die Kirche verlassen.

Irina wurde anschließend bis auf ihr Gebinde ausgezogen und mit Weihwasser bespritzt. Nass und halbnackt musste sie dastehen, während Schwester Agnes Psalmen vor sich hin sang.

Alles Weihwasser hätte nicht gereicht, Irina zu reinigen. Was sollte sie säubern nach jener Nacht, die sie mit dem Teufel geschlafen hatte? Sie betete, dass es bald vorbei sein möge. Angenagelt fühlte sie sich, wie Jesus Christus auf seinem Kreuz. Selbst dann noch, als Skandar sie – wieder angezogen – aus der Kirche trug.

»Gott schütze dich, Kind«, verhallten die leeren, lammfrommen Worte von Schwester Agnes in Irina.

Skandar ging beständigen Schrittes, wie damals, als er Leonore zurückgelassen hatte. Aber Irina war kein kleines, verängstigtes Mädchen mehr in seinen Armen.

»Von wegen *mondsüchtig*«, flüsterte Skandar ihr ins Ohr. »Lügnerin.«

Irina sah ihn offensiv an. »Schwester Agnes wollte es glauben.«

»Aber mich kannst du nicht für dumm verkaufen. Pah, sogar Tränen hast du dir herausgepresst! Als ob du weinen könntest. Ich habe dich nicht einmal beim Anblick deiner toten Schwester weinen sehen.«

Die Gleichgültigkeit, mit der er von der geschändeten Leonore sprach, ließ die Wut in Irina aufkommen. »Du bist ein gefühlloses Schwein, Skandar.«

»Und du bist ein heimtückisches Biest. Ich werde tagelang nicht richtig sprechen können von deinem Biss.«

Sie zischte: »Das hoffe ich. Dann muss ich deine hohlen Liebeserklärungen nicht länger ertragen.«

Er quetschte mit seiner Hand drohend ihren Arm zusammen.

»Noch ist nicht aller Tage Abend. Ich werde dich bekommen.«

»Sei dir gewiss, dass dann alle erfahren werden, was du mir im Schuppen antun wolltest.«

Skandar knurrte: »Wir werden sehen, wem mehr Glauben geschenkt wird.«

Er öffnete das Gartentor zum Haus der Großmutter. Die ersten Sonnenstrahlen fielen dabei auf die welken Blumenbeete herab. Skandar ging mit Irina in den Armen bis zur Tür und trat ein, ohne zu klopfen.

Die Großmutter lag wie gewohnt im Bett, die Schlafhaube auf und die Decke bis zum Kinn hochgezogen. »Nanu?«, hustete sie erstaunt. »Ina-Schätzchen, wie siehst du denn aus? Ganz schmutzig und derangiert!«

Irina wollte sich nicht erklären.

Also tat Skandar es.

Der Mund der Großmutter öffnete sich immer weiter, je mehr sie hörte. »Du liebe Güte«, brachte sie schließlich heraus. »Danke, dass du Irina gefunden hast, Skandar! Nicht auszudenken, was hätte passieren können.«

»Nichts zu danken«, sagte Skandar in so gewollt freundlichem Ton, dass Irina ihm dafür die Pest wünschte.

Der Jäger trug sie bis in ihr Bett, wo er ihr einen Kuss auf die Stirn geben wollte.

Irina drehte sich gerade rechtzeitig von ihm weg.

»Ich werde ein paar Freunde von mir bitten, Wache zu stehen«, versteckte Skandar seinen Ärger gekonnt. »Damit Irina nachts nicht mehr unbemerkt hinausgeht.«

»Das wäre wunderbar«, sagte die Großmutter. Ganz steif, bemerkte Irina.

»Ich werde die Tage vorbei kommen«, verabschiedete sich Skandar.

Sowie die Tür hinter ihm ins Schloss fiel, verkümmerte das Lächeln der Großmutter zu einem schmalen Strich. »Ina-Schätzchen … Es ist wohl besser, ich frage nicht, was passiert ist. Auch zwischen dir und Skandar. Er kommt ohnehin wieder.«

Irina machte sich nicht die Mühe, zu erklären, dass aus ihr und Skandar nie etwas werden würde. Stumm schloss sie die Augen, von einem traumlosen Schlaf erwartet.

Ruhe und Bewegungslosigkeit, das hatte Irina lange nicht verspürt. Es war fast eine Qual, aufzuwachen. Das bunte Geschirr, das Holzmobiliar, die Gegenwart der Großmutter, alles drückte in seiner Stille auf Irina ein.

Das Frühstück wie die Hausarbeit waren in Schweigen und Leere gekleidet. Immer wieder sah Irina Schatten in den Hausecken aufblitzen. Die Schemen blauäugiger Wölfe. Sie erwischte sich mehrmals, wie sie tagträumerisch in deren Blicken verloren ging.

Am Nachmittag klopfte es an der Tür. Leise und zaghaft, so, wie Skandar nie klopfen würde.

Irina öffnete. Sie blickte einem blonden Lulatsch und einer Kugel mit zerquetschtem Gesicht entgegen.

»Ach, ihr seid es.«

Stecken und Kröte standen so verlegen in der Gegend herum, dass es einem Leid tun konnte.

»Oh, das sind wohl Skandars Freunde, die auf dich achten sollen«, hustete die Großmutter vom Bett aus. »Ina-Schätzchen, mach ihnen doch etwas von unserer Mittagssuppe warm.«

Irina rollte mit den Augen, schlug die Tür zu und tat, wie befohlen.

Als sie die dampfenden Schüsseln auf einem Tablett hinaustrug, hatten es sich Stecken und Kröte mit ihren dicken Mänteln schon auf der Gartenbank gemütlich gemacht. Die beiden grinsten ihr bübisch-dämlich entgegen.

»So was, Prinzessin Rotkäppchen muss also auch kochen«, johlte Kröte.

Stecken fügte gehässig hinzu: »Da sieht sie auf einmal wie eine richtige Bauernfrau aus.«

Irina hob mit funkelnden Augen das Tablett über ihre Köpfe, dass die Jungen erschrocken zusammenzuckten. »Werdet bloß nicht zu frech!«

Die beiden wimmerten: »Nein, niemals!«

Es kam so schnell heraus geschossen, dass Irinas Zorn sofort verrauchte. Eigentlich waren diese beiden Hohlköpfe auch nur Opfer von Skandar, wenn sie es recht bedachte.

Sie nahm das Tablett herunter und hielt es ihnen entgegen. »Gut. Frieden?«

Stecken und Kröte machten sich heißhungrig über die Schüsseln her. Sie schlürften so laut, dass Irina sich ein Lächeln nicht verkneifen konnte.

»Ich habe übrigens kein rotes Käppchen mehr«, erklärte sie.

»Wie ist denn das passiert?«, schmatzte Kröte zwischen seinen Löffeln.

»Ich habe es im Wald … verloren.«

»Oh.« Stecken wischte sich ein paar Suppentropfen aus dem Schnurrbart. »Wie sollen wir dich dann nennen?«

»Nehmt einfach meinen echten Namen. Irina.«

Die beiden Jungen nickten mit leuchtenden Augen. Jetzt wären eigentlich sie an der Reihe, sich vorzustellen, aber das schien ihnen nicht klar zu sein. Irina befand, dass ihr »Stecken« und »Kröte« ohnehin am Besten gefielen, also sagte sie nichts. Man musste ja nicht gleich Freunde sein.

Die beiden hoben heroisch die Löffel. »Wir passen heute Nacht gut auf dich auf, Irina!«

Neuntes Kapitel

Sein Atem roch nach Wald, Freiheit und Wildnis. Irina sog die rauen Düfte ein, während sie sich mit den Beinen um seine Hüfte klammerte und die Finger in seinen Haaren vergrub. Der Wolf bedeckte sie zur Gänze, dass sie sich Teil seiner selbst wähnte.

»Warum?«, flüsterte sie. »Warum lässt du mich leben?«

Sie versank mit dem Mund in seiner Brust, bis ihre Stimme zu einem inbrünstigen Summen verklang. Tiefer und tiefer wollte sie schmelzen, bis sie nichts mehr war als gedankenloses Wachs.

Ein Heulen, das nicht ihren Träumen entstammte, zerrte Irinas Lider auseinander. Es war tiefste Nacht. Das fahle Mondlicht beschien die schnarchende Großmutter. Draußen rief die Wolfsstimme. Irina glaubte, noch nie etwas so Sehnsüchtiges gehört zu haben.

Lautlos stieg sie aus dem Bett. Sie schlich zum Fenster, um den wehmütigen Tönen näher zu sein. Ihr Herz wurde immer aufgerührter, je länger sie lauschte. Als sie den Kopf in die Hände und die Arme auf das Fensterbrett stützte, erfasste ihr Blick die Gartenbank. Stecken und Kröte lagen quer darauf und sahen alles andere als wach aus.

Das war zu erwarten, dachte Irina.

Dann hörte sie wieder den Trauerlauten zu. Der Wunsch, ihnen zu folgen, war unbändig.

Irina hätte Angst haben sollen. Zuviel Schreckliches hatte sie in den Wäldern erlebt. Und doch waren da ihre Fragen. Hier im Dorf hielt sie nichts. Außer einem Leben, über das sie nicht bestimmen durfte, hatte sie nichts zu verlieren. War der Tod nicht längst ihr Freund geworden?

Weder die Großmutter noch Stecken und Kröte merkten, wie Irina hinausging.

In einen Mantel gehüllt stahl sie sich zu dem Loch in der Mauer, durch das sie schon öfter geflohen war. Sie verschwand in den Wald.

Das Heulen wies ihr den Weg durch den nächtlichen Forst. Irina folgte ihm im blinden Vertrauen, ohne einmal vom Wege abzukommen.

Sie kam an einer Lichtung an, wo sie den Schutz der Bäume verlassen musste. Kaum dass sie das getan hatte, verstummte der Sang. Ihr Herz schlug schneller, als sich ein menschlicher Schatten aus dem Wald schälte. Sie erkannte die blauen Augen im Mondlicht sofort.

»Hallo, Wolf«, sagte Irina. Und wusste nicht, was sie nun tun sollte.

Eine Weile sahen sie einander nur an. Dann ging er auf sie zu, mit langsamen, lautlosen Schritten. Etwas an seinen Bewegungen war anders als sonst. Nicht länger raubtierhaft.

Je länger Irina ihm entgegen blickte, desto weniger konnte sie das Ungeheuer sehen, dass sie sich erwartet hatte. Ein wilder Mann war er, nicht mehr. Roh und unvollkommen wie ein Bergstein. Und doch hatte er etwas Faszinierendes, fast Dunkelschönes, so eins, wie er mit dem Nachtwald war.

Er umkreiste Irina, doch nicht auf bedrohliche Art. Eher neugierig.

Sie wartete, was er tun würde.

Stetig kam er auf sie zu, schloss seine Kreise mehr und mehr um sie. Irina versteifte sich. Ein Schauer überlief sie, als er mit der Nase gegen ihre Hand stieß. Bart und Haarsträhnen streiften ihre Finger. Er schnüffelte an ihr.

»Du bist eben doch mehr Tier als Mensch«, flüsterte Irina mehr zu sich selbst. »Sprechen kannst du wohl auch nicht.«

Der Wolfsmensch reagierte in keiner Weise auf ihre Worte. Stattdessen schnüffelte er ihre Hand entlang. Dann entblößte er seine Zähne. Irina glaubte, dass er nun zubeißen würde. Doch das tat er nicht: Er leckte ihre Finger.

Irina überlief ein erneutes Zittern. Es war weder die Geste eines Hundes, der die Hand seines Herrchens leckt, noch die eines Wolfes, der erstmals seine Beute schmeckt. Eher war es, als wollte sich der Tiermensch durch sie hindurch lecken.

Irina wollte ihre Hand zurückziehen, worauf ein unwilliges Knurren erklang. Seine Zähne gruben sich in ihre Haut, ohne sie zu verletzen. Aus blitzenden Augen starrte er sie an, dass er mit seinen Zornesfalten wie ein wahrhaftiges Raubtier aussah.

Irina erstarrte. Dann ließ sie ihre Hand locker werden. Der Wolfsmensch zog sie bestimmt zu sich heran, bevor er sie aus seinem Mund freigab und weiterleckte.

Seine Zunge wanderte ihre Finger zu den Handgelenken hinauf, wo er die Zähne in ihre Ärmel grub. Er riss an dem Stoff.

»Nein!«, rief Irina.

Er knurrte erneut, doch verstummte er, als sie ihren Ärmel zurückzog. Stück für Stück zog sie den Stoff fort. Schließlich ließ sie ihr Kleid zu Boden fallen.

»Ich werde mich nicht wehren. Du kannst mich haben.«

Das Brennen in seinen Augen war Antwort genug. Er warf Irina zu Boden, ehe sie es recht begriff. Sein Atem pulsierte auf ihrem Hals, während er sie niederdrückte. Er roch dunkel und bitter und erdig.

Nimm mich fort, bat Irina still. Bitte, bitte nimm mich fort …

Seine Zunge glitt ihren Hals entlang. Sie spürte, wie seine Zähne über ihre Haut fuhren.

Er hatte wirklich große Zähne. Und so einen großen Mund. So große Augen. Irina drohte, in ihnen unterzugehen, als sein Gesicht über ihres kam. Jede Stelle davon leckte er.

Irina konnte nicht verstehen, warum er das tat. Aber es fühlte sich schöner an, als sie geglaubt hätte. Je länger seine Zunge sie mit gleichmäßigen Bewegungen streichelte, desto müder wurde sie. Sie schloss die Augen, spürte seinen Herzschlag gegen ihren, wie seine behaarten Arme, Beine und Brustmuskeln gegen ihren Körper drückten.

Er hielt unvermutet inne. Irina öffnete die Augen und sah, wie er mit dem Kopf tiefer ging, bis unter ihr Schlüsselbein.

Sie keuchte von der anschließenden Berührung auf. Ein leichtes Ziehen, wie sie es noch nie gespürt hatte, machte sich in ihren Lenden breit.

Er leckte ihre Brüste entlang, über die Rippen und den Bauch. Je tiefer es ging, desto stärker wurde das Ziehen in Irina. Der Schmerz, der sonst ihren Unterleib beherrscht hatte, verschwand, um einer nie gekannten Woge Platz zu machen.

Sein Mund verschwand in ihrem Schoß. Die Euphorie, die Irina überkam, ließ ihren ganzen Körper erbeben. Er leckte weiter, grub sich immer tiefer zwischen ihre Schenkel. Irina glaubte verrückt zu werden von dem Gefühl, das sie durchschoss. Sie klemmte seinen Kopf zwischen ihre Beine, um es nicht zu verlieren, schob sich ihm entgegen, um mehr zu spüren.

Es fühlte sich an, als würde seine Zunge danach trachten, jeden Zoll von ihr auszufüllen. Das Ziehen in ihr wurde immer stärker.

Schließlich, als sie glaubte, ihr Inneres würde seine Zunge gänzlich umspannen, raste es wie ein Blitz durch sie hindurch. Irina wurde wie von einer Flut geschüttelt. Die Wellen stießen durch ihre Hüften, rauschten in ihren Bauch, flossen in ihre Brust, sammelten sich schließlich in ihrem Hals. Ihr entrang sich ein Schrei, der aus purstem Leben gewoben war: Kehlig, stoßweise und lustvoll. Ihre Stimme verging mit der Ebbe in ihrem Körper.

Atemlos schaute sie den Wolfsmenschen an, der sich aus ihrem Schoß zurückzog. Die blauen Augen sahen sie wie in Erstaunen an. Irina war selbst noch verwirrt von dem, was sie gerade erlebt hatte.

Seine Starre hielt jedoch nicht lange an. Irina sah die Gier in seinen Augen aufleuchten, als er vollends über sie kam. Sie spürte ihn mächtig zwischen ihre Beine drücken. Kein Schmerz kam – der Wolfsmann ging vollständig in die See zwischen ihren Beinen über, glitt mit einer einzigen Bewegung bis in ihr Innerstes. Irinas anschließende Schreie waren alles andere als schmerzerfüllt.

Nasses Fleisch klatschte gegeneinander, Atemzüge rasselten. Irina klammerte sich mit Armen und Beinen an den Körper des Wolfsmenschen, um dessen heftige Stöße abzufangen. Sein tiefer Atem wurde stetig dünner, bis er nur noch fiepte. Irina glaubte schon, sie würden bis in den Tod so weitermachen, als er mit einem wollüstigen Laut auf sie niederfiel. Sie stieß ebenfalls einen letzten Seufzer aus, während er zwischen ihren Beinen zerfloss.

Keuchend und schwitzend lagen sie beieinander. Allmählich kehrte Irinas Verstand zurück und lähmte den Körper, der eben noch dem wilden Trieb ausgeliefert worden war.

Was hatte sie getan?

Ein warmes, feuchtes Gefühl holte sie aus ihrer Starre. Ungläubig sah sie dem Wolfsmann ins Gesicht, wie er mit geschlossenen Augen über ihre Lippen leckte.

Langsam, sacht und überraschend zärtlich. Ganz anders als das Wesen, das sie eben genommen hatte.

Irina konnte es nicht verstehen. Warum widerte sie nicht die Berührung dieses Tiermenschen an? So wie bei Skandar? Dieser Wolfsmann hatte ihre Schwester getötet. Und nun war er so sanft.

Sein Atem verschmolz mit ihrem, während er seine Zunge für sich sprechen ließ. Nie hatte Irina ein Wesen gesehen, das so voller Dankbarkeit war.

Er wird mich nicht umbringen, erkannte sie. Wenn er nur sprechen könnte … Wie soll ich je verstehen, was er Leo antat?

Eines nur verstand sie, dass sie sich mit der Bestie verbündet hatte. Vielleicht waren sie schon immer Verbündete gewesen seit ihrer ersten Begegnung. Die dunkle Erregung, in die sie sich verirrt hatten … Nie hatte Irina sich so frei gefühlt wie auf deren Höhepunkt.

Sie wusste, es war falsch.

Sie wusste, sie war verrückt.

Und sie wusste, sie wollte es wieder haben.

Irina ging langsam, wie trunken durch die Nacht. Ein leichtes Stechen begleitete jeden ihrer Schritte, doch war es nicht unangenehm. Zwischen den Bäumen sah sie immer wieder einen Schemen, der ihr den Weg wies. Ihr Wolf.

Sie machte die ersten Häuser zwischen den Stämmen aus und blieb stehen.

»Wolf«, sprach sie in die Dunkelheit. »Wolf, ich komme wieder!«

Ein letztes Rascheln ließ sie wissen, dass er in den Wald entschwand.

»Ich bin Irina!«, rief sie ihm nach. »Irina, hörst du?«

Es kam kein Laut mehr.

»Das Mädchen, das du nicht und doch gefressen hast«, flüsterte sie.

Irina kam sich wie eine Delinquentin vor, als sie durch das Loch in der Palisade schlich, durch das Dorf, an dem schlafenden Pärchen Stecken und Kröte vorbei, ins Haus der Großmutter. Schlafen konnte sie diese Nacht nicht mehr. Sie wartete vergeblich auf ein Heulen im Wald, während sich ihr Körper abkühlte. Die Hitze wich den Nachwehen der Lust, die wohl nicht so schnell verschwinden würden. Selbst zum Tagesanbruch waren sie noch nicht abgeklungen.

Irina stand auf, um sich zu waschen. Nicht, dass die Großmutter sich wunderte. Die Nacht haftete mit allem Dreck noch an Irina.

Sie stand bereits in der Küche, als die Alte mit einem Niesen erwachte. »Guten Morgen, Ina-Schätzchen! Du siehst aus, als hättest du wunderbar geschlafen.«

Irina zwang sich zu einem Lächeln.

Das tat sie auch, als sie Stecken und Kröte fürs Frühstück holte. Noch wie sie die Tür zum Garten öffnete, hörte sie die Jungen mit lautem Gepolter von der Bank fallen. Die Beiden hatten sich schnurstracks aufgerappelt.

»Morgen, Irina!«, brüllten sie im Chor.

Sie lächelte weiterhin falsch. »Danke, ihr zwei. Ich hatte wegen euch eine richtig gute Nacht.«

»Hohoho, nicht wahr? Wir sind so unglaublich gute Wächter!«

Die beiden fraßen anschließend, als hätten sie wirklich Schwerstarbeit verrichtet.

Irina nahm nur wenige Löffel Haferschleim zu sich. Zu viele Gedanken schwirrten in ihrem Kopf.

Den Morgen verbrachte sie wie in Trance, bis die Großmutter sie zur Kirche schickte, den Essenskorb von Schwester Agnes holen.

Der Winter kam. Irina konnte ihn riechen, während sie die Straße entlang ging. Bald würde ein weiteres Jahr vergangen sein. Irina, das Dorf, der Krieg, alles würde älter werden und doch bleiben, wie es war.

Die blauen Wolfsaugen kamen ihr in den Sinn.

Er ist frei, weil er nicht ein ganzer Mensch ist wie ich, dachte sie. Ich wäre in der kalten Welt draußen verloren.

Wie immer war sie voll der Klage, als sie zur Kirche ging. Diesmal betrat sie diese aber nicht sofort. Stattdessen tat sie etwas, was sie sich vorher nie getraut hatte: Sie blieb mitten auf dem Friedhof stehen.

Wehmütig schaute sie auf die Kreuze und Engelsstatuen und Grabsteine mit ihren nichtssagenden Namen. Hundert Geschichten zerfielen hier in der Erde zu Staub. So musste es auch mit ihrer Familie sein. Ganz gleich, wo ihre Seelen sein mochten, sie waren Staub. Unwiederbringlich wie Asche.

»Vergebt mir«, flüsterte Irina. Sie war sicher, irgendwo zwischen Erde und Himmel gehört zu werden. »Ich kann noch nicht zu euch. Dieser Wolfsmensch hat ein Geheimnis, das ich ergründen muss.«

Ein Regentropfen fiel auf ihre Wange.

Irina begann, für die Nächte zu leben.

Tagsüber kümmerte sie sich um die Großmutter, besorgte den Haushalt, durchstand ihr Dasein, um im Dunkeln sie selbst zu werden.

Wenn alles schlief, stahl Irina sich hinaus. Ihr Wolf heulte oftmals schon nach ihr. Sie rief andernfalls nach ihm, sodass sie schnell einander fanden.

Ihre ersten weiteren Begegnungen dienten nur der einen Sache. Aber Irina reichte das bald nicht mehr. Sie begann, länger neben ihm zu liegen. Sie redete mit ihm und versuchte, ihm das Sprechen beizubringen. Doch was sie auch tat: Er sah sie nur an wie ein Tier, das nicht wusste, was man von ihm wollte.

Eine Sache jedoch änderte sich wohl. Je öfter sie miteinander schliefen, desto mehr Mensch schien er zu werden. Er begann, sie mit den Händen zu berühren, und sah ihr in die Augen, wenn sie sich vereinigten.

Wie oft suchte Irina in seinem Blick vergeblich nach Antworten. Doch die Fragen waren vergessen, wann immer sie sich in den Tiefen seiner Augen auflöste. Hätte sie doch immer nur so frei sein können …

Zehntes Kapitel

Die Schreie eines Neugeborenen klangen durch den vereisten Wald.

Dort, zwischen den Wurzeln der uralten Bäume, lag ein Junge im Schnee gebettet. Die Kälte fraß sich langsam, doch hungrig durch seine Glieder, war er doch nur in ein paar Leinentücher gewickelt.

Gelbe Augen leuchteten zwischen Schnee und Nacht auf. Die Schemen von Wölfen umkreisten den hilflosen Jungen, der noch erbärmlicher schrie.

Schon wurden die ersten Zähne gebleckt – da stellte sich die Leitwölfin schützend vor das Menschenkind. Keines der anderen Tiere wagte nun, näher zu kommen. Die Augen der Wölfin waren hart, doch nicht dem Neugeborenen gegenüber. Sie hatte gerade erst ein Junges verlieren müssen. Behutsam hob sie das Kind im Bündel mit den Zähnen auf.

Die Schreie des Jungen hallten immer schwächer in der Winternacht, während das Rudel ihn tiefer in den Wald brachte. Schließlich, als die Kälte schon die Augen des Jungen schließen wollte, hielt die Leitwölfin an. Sie scharrte den Schnee um sich fort, legte den Jungen auf dem frei gewordenen Boden ab und umgab ihn mit ihrem Körper.

Noch hätte er die Augen schließen können.

Aber der Drang zu leben war stärker.

Hungrig suchte er am Bauch seiner neuen Mutter nach Wärme und Sättigung.

Die Wolfsmilch half ihm, die Härte des Winters zu überstehen.

Der Junge musste früher laufen lernen als andere seiner Art, früher Fleisch essen, früher jagen, denn das Rudel war gnadenlos. Seit jeher konnten nur die Stärksten überleben. Er lief gerade ein paar Wochen, da sah, roch und schlich er schon besser als jeder Mensch. Jeder Tag war eine Prüfung, in der er seine Stärke aufs Neue beweisen musste.

Das mochte ihm gelingen; im Rudel selbst gehörte er zu den Schwächeren. Die Wölfe wussten, dass er nie wie sie sein würde. Im Zweikampf war der Junge stets der Unterlegene, weil er nicht die Stärke eines Tieres besaß. Viel zu früh schlugen ihm Wolfszähne und -krallen die ersten Wunden.

Er war noch nicht einmal erwachsen, da trug er mehr Narben als irgendein Mitglied des Rudels. Seelisch war er ein Wolf, körperlich nicht.

Und wie die Jahre vergingen, wurde er einsam.

Er, der zwischen den Welten geboren worden war, sehnte sich nach dem Ort, zu dem er hingehörte. Immer öfter beobachtete er die Wesen, von denen sich jedes Tier im Wald fernhielt. Menschen. Je länger der Junge sie ansah, desto mehr glaubte er sich selbst in ihnen zu erkennen. Die Sehnsucht wuchs und wuchs.

Schließlich kam, was kommen musste: Er verließ das Rudel.

Niemand widerstand seiner Entscheidung. Der Junge hatte nie seinen Platz im Rudel finden können, doch vielleicht konnte er ihn woanders finden. Zumindest hatte das Pack mit ihm eine Bürde verloren. Wer einmal ging, durfte nicht zurückkommen.

Die Leitwölfin folgte ihm noch bis zum Waldesrand, wo er alleine weiterziehen musste. Er verabschiedete sich von seiner altgewordenen Ziehmutter. Der Blick des Rudels folgte ihm, als er hinauslief. Deckungslos lief er auf das Menschendorf zu.

Irina blinzelte ins Licht der untergehenden Sonne. Rötlich schwappte sie durchs Fenster und ergoss sich über den Tisch, der fürs Abendessen gedeckt war. Allmählich erinnerte Irina sich, dass sie es gewesen war, die das Geschirr verteilt hatte. War sie zwischendurch auf den Tisch gesunken und eingeschlafen? Sie konnte es nicht sagen. Seit sie den Wolfsmann traf, war sie im Haus der Großmutter ohnehin nur eine Tote. Sie verlor sich allenfalls in ihrer Fantasie, um sich auch dort mit dem Tiermenschen zu treffen. Aber dieser Traum eben war anders gewesen. Irina selbst hatte darin keine Form besessen.

Sie dachte noch über das Gesehene nach, als sie mit der Großmutter zu Abend aß.

»Skandar hat bei mir um deine Hand angehalten«, unterbrach die Alte die Stille zwischen ihnen. »Die Hochzeit findet nächste Woche statt.«

Irina blieb der Bissen im Hals stecken. Ihr Hustenanfall war so heftig, dass sie das Rübenstück auf den Teller spucken musste. Sie starrte die Großmutter an. Noch nie hatte diese mit so ernstem Blick dagesessen, den Löffel erhoben.

»Widersprich nicht, Ina-Schätzchen. Kein *Niemals* oder *Ich-liebe-ihn-nicht.* Es ist beschlossen.«

Irina legte ihr Besteck auf dem Teller ab. »Er hatte wohl keinen Mut mehr, mich selbst zu fragen?«

Die Augen der Großmutter funkelten zornig. »Nachdem du ihn derart verschmäht hast? Er hat wohl damit gerechnet, dass du stur bleiben würdest.«

Irinas Lippen spitzten sich vor Verachtung.

»So, ich soll ihn heiraten. Vor den Altar wird er mich führen, damit ich dort ein gestelltes *Ich will* vor Gott und der Welt herauswürge. Anschließend, wenn er mich nachts ins Ehebett zwingt, werde ich wie eine Leiche daliegen. Skandar wird es nicht merken, weil er den Unterschied nicht kennt. Ich werde ihn verfluchen, wie man einen Dämon verflucht, wenn ich seine widerliche Brut auf die Welt werfe. Kalte Kinder werden es werden, unendlich kalt, mit einem strengen Vater wie Skandar und einer Mutter, die sie am liebsten an der Brust hätte erfrieren lassen.«

Die Alte war bleich vor Entsetzen.

»Warum willst du mir das antun, Großmutter?«

Kurz war es still. Dann bebten die verknitterten Lippen der Großmutter vor Empörung.

»Du solltest dich schämen, Ina. Wie kannst du nur so reden? Was ist aus dir geworden?«

Irina wusste keine Antwort.

»Ich will wirklich nur dein Bestes.« Tränen glitzerten in den Augen der Großmutter. »Das Beste, das ich selbst nie haben konnte. Warum kannst du das nicht verstehen?«

»Ich glaube nicht, dass es für mich ein *Bestes* gibt. Alles, was gut war, habe ich als Kind verloren.« Irina stand auf und nahm ihren halbleeren Teller vom Tisch. »Schon gut, Großmutter. Ich werde Skandar heiraten. Es ist gleich, ob ich bei ihm oder bei dir unglücklich bin.«

Das Schweigen war geradezu erdrückend, als Irina ihren Teller abwusch. Sie kehrte zum Tisch zurück, um den der Großmutter zu nehmen.

»Was hast du da am Arm, Ina-Schätzchen?«, fragte die Alte mit zittriger Stimme.

Irina sah nun auch den blauen Fleck an ihrem Unterarm, kurz vor dem Ellbogen. Er war zuvor nicht unter dem langen Ärmel zu sehen gewesen, den sie sich für den Abwasch hochgekrempelt hatte. Sie erinnerte sich an letzte Nacht. Ihr Wolf hatte an dieser Stelle mit seinen Lippen gesaugt.

»Ich bin beim Aufstehen gegen den Bettpfosten gestoßen«, log Irina. Im Lügen war sie inzwischen gut geworden.

Die Großmutter nickte schwer. »Man tut sich leicht weh.«

Danach versank sie wieder in Stille. Irina hatte die Küche längst aufgeräumt, als die Alte sich wieder zu Wort meldete: »Ich bringe den Jungen draußen ihr Abendessen. Danach gehe ich zu Bett.«

Das »Gute Nacht« blieb heute von der Großmutter aus.

Irina lag im Bett und glaubte, dass ein unendlich großes Loch in ihrem Bauch klaffte. Sie wünschte sich, darin zu verschwinden, so lange schon.

Als die Dunkelheit sie umfing und die Großmutter gleichmäßig atmete, schlug Irina die Bettdecke zurück. Nach all den Nächten schlich sie selbst lautlos wie ein Wolf hinaus.

Draußen stellte sie verwundert fest, dass Stecken und Kröte gar nicht auf der Bank schliefen. Anscheinend war ihnen die Wacht langweilig geworden. Irina erinnerte sich vage, dass heute im Wirtshaus ein Tanzabend stattfand.

Die beiden Jungen beguckten wohl schwingende Mädchenbeine.

Der nächtliche Wald nahm Irina wie eine Vertraute auf. Regen streichelte sie mit jedem ihrer Schritte.

»Wolf!«, rief sie. »Wolf, wo bist du?«

Ein wohlbekanntes Heulen antwortete. Irina lächelte in freudiger Erwartung und zog sich aus. Sie war gerade fertig, als er vor ihr aus den Schatten tauchte und ins Mondlicht trat. Sein schwarzes Haar schimmerte silbern im Widerschein.

Sie streckte die Arme nach ihm aus. Er ließ sich sofort in diese fallen. Der aufgeweichte Waldboden empfing sie sanft.

Irina krallte die Finger in Wolfs Haar und flüsterte: »Heute Nacht will ich auch die erwachsene Irina bei dir lassen.«

Sie wusste, er verstand sie nicht, und doch war es tröstend, es auszusprechen. Er erwiderte ihre Umklammerung und rieb sein Gesicht an ihre Wange.

Heute, hatte Irina sich versprochen, würde sie in ihm ertrinken. Die Frau, die am Morgen ins Dorf zurückgehen würde, sollte nicht länger sie sein, sondern eine leere Hülle. Sie würde ihr wahres Ich in dem Tiermenschen lassen, der schon die Kind-Irina genommen hatte.

In dieser Nacht tobte sie, wie Wolf es ihr nie gegenüber getan hatte. Sie schrie, kratzte, heulte, biss, provozierte ihn in jeder erdenklichen Weise. Endlos lange rollte sie mit ihm über den Waldboden, blieb einmal auf dem Rücken, einmal auf dem Bauch liegen. Jede Stelle ihres Körpers ließ sie von ihm erkunden.

Selbst seinen Wolfskuss erwiderte sie. Ihre Zunge an seiner Zunge, wollte sie selbst zum Tier werden, die Frau »Irina« gänzlich opfern. Ja, sie ging noch weiter: Sie wanderte mit dem Mund an ihm entlang, wie er einst an ihr entlang gegangen war. Als wolle sie das Salz von seiner Haut trinken.

Sein Körper verspannte sich gänzlich, sein Atem ging so heftig wie noch nie. Er lag auf dem Boden, den Kopf zurückgelegt, die Augen geschlossen, und bot sich ihr ganz dar. Irina entschied ganz allein, ihn tiefer und tiefer mit ihren Küssen in sich zu nehmen. Sie hörte erst auf, als er vor Erregung zu bersten drohte.

Kaum, dass sie von ihm ging, richtete Wolf sich auf. Sie konnte nicht verhindern, dass er sie niederwarf, schaffte es aber noch, sich auf die Knie zu drehen. Fordernd drückte sie ihr Gesäß an seine Hüfte. Wolf gab Laute von sich, als würde er toll werden, und fand den Weg zwischen ihre Beine. Irina keuchte auf. Noch mehr, als er ihre Hüften mit den Händen packte und sie an sich zog.

Der Regen überströmte ihre Körper derart, dass Irina nicht wusste, wo sie und Wolf anfingen und aufhörten. Er klatschte mit der Hüfte gegen ihr Gesäß. Die Wucht, mit der es Irina durchfuhr, war unbeschreiblich. Langsam, Stück für Stück steigerte er sein Tempo. Irina schrie mit jedem Stoß immer lauter.

Kein Gedanke war in ihr. Nur die Lust und der Wunsch, darin zu vergehen. Sie wollte heute erleben, was Skandar ihr nie würde geben können. Ihr Mund weitete sich für ein letztes Weinen der Ekstase.

»Irina?«

Sie riss erschrocken die Augen auf – und schrie. Lange, anhaltend. Ihr Körper bäumte sich in einem mehrfachen Zucken auf. Nach Atem ringend, sah sie in den Regen.

Dort stand Skandar.

Elftes Kapitel

Skandar war so blass, als hätte er den Leibhaftigen gesehen. Hinter ihm lugten Stecken und Kröte mit aufgerissenen Augen hervor.

»Skandar?«, rief Irina erstickt.

Mit einem Mal wusste sie, was geschehen war: Die Großmutter hatte den Jungen nicht Essen gebracht, sondern sie zu Skandar geschickt. Irinas Lüge war aufgeflogen.

Sie wurde sich plötzlich ihres Anblicks bewusst. Beschämt ließ sie sich zu Boden fallen, wobei sie sich Wolf entzog, und versuchte ihre Blöße zu bedecken. Der Tiermensch stellte sich vor sie und brüllte die Männer bedrohlich an.

Die Wut drückte Skandar fast die Augen aus dem Kopf. »Du Hure!«, kreischte er und riss seine Flinte hoch.

Wolf sprang grollend auf ihn zu.

Der anschließende Schuss traf innerlich auch Irina. Sie sah, wie Wolf mit einem Winseln seinen Lauf unterbrach. Der Regen spülte das Blut seinen Arm hinab.

Irinas Stimme rief wie von allein: »Lauf weg!«

Wolfs blaue Augen trafen die ihren. In diesem Moment war sie sicher, dass er sie als Mensch ansah – und verstand. Er humpelte sofort davon.

Skandar lud wütig nach, schoss und fluchte, da er nur noch die Bäume traf. »Verdammt!«

Irina lächelte erleichtert – nur um von Skandars Fuß in die Rippen getroffen zu werden.

»Du gottloses Miststück! Ich hätte dich als meine Frau genommen!«

Irina krümmte sich hustend zusammen, immer noch bemüht, ihre Nacktheit zu bedecken. Stecken und Kröte gaben nur überforderte Laute des Entsetzens von sich.

»Ihr!«, blaffte Skandar.

Die beiden Jungen quiekten.

»Zieht sie an und bringt sie ins Dorf. Ich fasse diese Hündin nicht an!«

»Warum wir?«, kam es dünn zurück.

»Weil ihr Hornochsen nicht einmal in der Lage wart, den Schlaf einer Jungfrau zu hüten, und sie stattdessen von dieser *Kreatur* habt besteigen lassen!«

Kleinlaut machten sich Stecken und Kröte daran, Irinas Kleider einzusammeln. Sie war wie versteinert, als sie von den beiden Jungen ins Dorf gezerrt wurde. Skandar ging vorneweg und schrie alles aus dem Schlaf: »Wacht auf! Holt die alte Gwen! Und Schwester Agnes!«

Licht um Licht flackerte auf. Die Leute steckten grummelnd die Köpfe aus den Fenstern, von den Palisaden schauten die Wachen herunter. Irina wurde bis vors Haus der Großmutter geschleift, allen Blicken ausgeliefert. Die Alte stand klein und zitternd am Gartentor, um das sich bereits eine dichte Menge gebildet hatte.

Skandar packte Irina an den Haaren, dass sie davon aufschrie. Er zerrte sie aus Steckens und Krötes Armen, um sie wie einen Sack vor die Großmutter zu werfen.

»Dieses Flittchen hat mit der Wolfsbestie im Wald Sodomie betrieben!«

Das Entsetzen war allgegenwärtig. Die Großmutter musste sich am Zaun festhalten, um nicht vor Schwäche umzufallen.

»Schwester Agnes!«, verlangte Skandar schrill. »Wo ist Schwester Agnes?«

Eine zaghafte Meldung wurde laut: »Hier.«

Die Menge vor dem Haus teilte sich, um Schwester Agnes durchzulassen. Man sah noch das weiße Nachthemd unter ihrem Mantel. »Jäger Skandar, lass sie los.«

Er zerrte noch mehr an Irinas Haaren, dass sie davon wimmerte. »Warum sollte ich?«

»Ich will sie selbst sprechen lassen.«

Skandar ließ widerwillig los.

Irina fiel nieder. Ihr rechter Ärmel rutschte herunter und drohte ihre Brust freizugeben. Hastig zog sie ihn zurecht.

»Sieh mich an, Kind.«

Irina schaute zögernd auf.

Schwester Agnes betrachtete sie mit leerem Gesicht und streng aufeinander gepressten Lippen. »Stimmt es, was Skandar sagt?«

Stecken meldete sich zu Wort: »Wir waren dabei, wir haben alles gesehen!«

Kröte würgte: »Es war … ekelhaft!«

Irina nickte nur.

»Warum?«, stieß Schwester Agnes aus.

Irina konnte nicht sogleich antworten.

»Ich weiß es nicht. Etwas hat mich immer zu ihm hingezogen. Seit jenem Tag.«

Sie spürte das Grauen im Schweigen der Menge. Verflucht, schrie es aus jedem Blick. Der Wolf hat sie verflucht! Schwester Agnes rief verzweifelt den Himmel an, während die Großmutter weinte.

Irina senkte den Blick auf den Matsch, den der Regen stetig tränkte, und wünschte sich vergeblich, darin zu versinken.

»Oh, Mädchen«, jammerte Schwester Agnes.

Skandar fuhr ihr barsch ins Wort: »Genug damit! Sie ist kein *Mädchen* mehr. Gebt ihr die Schande, die sie verdient!«

Schwester Agnes fuhr zu ihm herum. »Jäger, du verstehst nicht! Irina wurde schon als Kind Opfer des Wolfsdämons.«

»Sie hat der Sünde nachgegeben«, knurrte Skandar.

»Dann befreie sie davon.« Schwester Agnes' Augen glühten. »Das ist dein Schicksal, Skandar. Du, der dem Monster schon vor vielen Jahren begegnet ist und mit den großen Zeichen gesegnet wurde. Töte die Bestie! Befreie Irina von deren Fluch – befreie uns *alle* von deren Fluch!«

Nach und nach stimmte das Dorf zu einer einzigen Stimme ein: »Töte es! Töte es! Töte es!«

Irina sah, wie die Jagdlust in Skandars Augen aufbrannte. »Ich habe es bereits verletzen können. Heute Nacht wird es mir nicht entkommen.«

»Nein!«, presste Irina hervor. »Du darfst Wolf nicht umbringen!«

Aller Augen richteten sich ungläubig auf sie.

»Du willst das Ungeheuer schonen?«, stieß Skandar voller Ekel aus.

Irina hörte nicht hin: »Schwester Agnes, er ist weder Tier noch Monster! Ich konnte in ihm etwas Menschliches sehen. Vielleicht kann man ihn retten –«

»Hör auf!«, unterbrach die Nonne sie. »Du hast den Verstand verloren, Irina! Dieses Höllenvieh hat Dutzende von Mädchen geschändet und grausam umgebracht … Deine eigene Schwester war darunter! Dafür gibt es keine Rettung. Nur Verdammnis!«

Die Großmutter weinte noch elendiger.

»Sperrt sie in die Kirche und bewacht sie dort«, befahl Schwester Agnes.

Stecken und Kröte waren die ersten, die Irina an den Armen packten. Hart griffen sie zu, die Blicke voller Verachtung. Weitere schlossen sich ihnen an, andere stellten sich an Skandars Seite.

»Jeder, der eine Waffe tragen kann, folge mir!«, rief der Jäger. »Wir hetzen das Biest zu Tode!«

Ein Blitz zerriss den Himmel, sodass die Gesichter der Jagdtruppe erhellt wurden. Sie waren vor Wut und Mordlust unmenschlich verzerrt. Die Meute stürmte zum Tor hinaus, während Irina zur Kirche geschleift wurde.

Auf der Bank war es kalt. Irina war noch nie so kalt gewesen, seit damals, als sie auf ihre Eltern gewartet hatte. Aber jetzt gab es nichts, auf das sie warten konnte. Sie fühlte sich leer. Der Jesus auf dem Ebenholzkreuz fütterte die Stille in ihr.

Das Quietschen der Kirchentür ließ sie den Kopf wenden. Sie konnte eine gebückte Gestalt im Kerzenlicht erkennen.

»Ina-Schätzchen.« Die Stimme der Großmutter klang mehr gebrochen als krank. Wie auch ihre anschließenden Schritte.

Irina schaute ihr gleichgültig entgegen.

»Oh Liebes, sieh mich nicht so an.« Die Großmutter fiel mit einem Seufzen auf die Kirchbank. »Bei Gott, ich wollte nicht, dass es so kommt. Es tut mir leid!«

Irina ging nicht auf sie ein: »Was passiert jetzt mit mir?«

»Oh, ich weiß es nicht …« Die Großmutter holte ein Tuch aus ihrer Rocktasche und schnäuzte sich. »Ina, bitte, sag dich von dem Bösen los! Du musst!«

Irina sprach, was sie nie zuvor ausgesprochen hatte: »Er ist nicht durchweg böse.«

Zu ihrem Erstaunen brach die Großmutter in Tränen aus. »Ach Gott, ich weiß!«

Sie weinte eine ganze Weile, bevor Irina sich zu fragen traute: »Großmutter, was weißt du?«

Die Alte schniefte. Ihre nassen Augen suchten die hölzerne Jesusfigur.

»Ich habe dies nie gebeichtet«, flüsterte sie. »All die Jahre nicht …«

Part IV
Gwens Geschichte

Zwölftes Kapitel

Als junges Mädchen lebte ich jenseits des Waldes in einem kleinen Bauerndorf. Weil ich das einzige Kind meiner Familie war, musste ich von klein auf das Feld bestellen helfen und die Tiere hüten. Es war ein bescheidenes, doch gutes Leben. Und auch ich war ein bescheidenes Mädchen, ohne es zu wissen. Da ich aus dem kleinen Dorf nie hinauskam, umgaben mich nur die Nachbarsjungen, die ebenso bäuerlich wie ich waren. »Schöne Gänse-Gwen«, so riefen sie mich schon im Kindesalter, wenn ich die Gänse hinaustrieb.

Als ich zur Frau wurde, verschmähte ich jeden Jungen, der meine Gunst wollte. Ich glaubte mich zu gut für einen Mann aus meinem Dorf, woran meine Eltern regelrecht verzweifelten. Tagaus, tagein träumte ich beim Arbeiten von dem glänzenden Prinz, der mich einmal mit seinem Ross abholen würde.

Eines Tages – ich war schon vierzehn Jahre alt – verirrte sich ein Wanderer in unser Dorf. Nie hatte ich so eine abgerissene und dreckige Gestalt gesehen. Der Weltenstaub klebte an seinen Lumpen und in seinem Bart, der sein ganzes Gesicht verdunkelte. Er bat an unserer Tür um Obdach, weil es draußen stürmte.

Ich wollte ihm damals angewidert die Tür vor der Nase zuschlagen. Meine Eltern jedoch holten ihn zuvor herein. An jenem Abend musste ich dem Fremden Suppe kochen, seine Kleider waschen und ihm ein Bett machen. Was muss ich dabei garstig geschaut haben.

Den Morgen darauf trieb ich die Gänse hinaus.

Meine Eltern hatten dem Wanderer einen Platz im Garten zugewiesen, wo er die Sonne während seines Frühstücks genießen konnte.

Eine Schar neugieriger Dorfjungen hatte sich um ihn gesammelt und wollte alles über seine Erlebnisse wissen. Es wurde gänzlich still, als ich mit den Gänsen auf den Hof kam.

»Hast du ein Glück!«, hörte ich einen der Jungen dem Wanderer zurufen. »Im Haus der schönen Gänse-Gwen zu nächtigen. Beneidenswert!«

Ich lächelte zufrieden über diese Worte. Sie wurden jäh von der Stimme des Wanderers zerschlagen: »Was, die? Ich habe auf meinen Wanderungen hundert schönere Frauen gesehen. Wäre diese *Gwen* nicht so verkniffen, dann wäre sie vielleicht ein ganz hübsches Bauernmädchen.«

Blass vor Entsetzen fuhr ich zu ihm herum. Er saß da und naschte von seinem Käsebrot, sich seiner Unverschämtheit völlig unbewusst. Ehe ich mich versah, hatte ich meinen Wasserkrug nach ihm geworfen. Klirrend ging er neben ihm zu Bruch, dass er vor Schreck einen Satz machte.

»Du … du … du …« Ich zitterte vor Wut: »Du Wurm!« Und ich trieb mit hochrotem Kopf die Gänse davon.

Unvorstellbar, dass dieser Wanderer dein Großvater werden sollte, nicht wahr, Ina?

Er kam noch denselben Abend zu mir, um sich zu entschuldigen. Natürlich verzieh ich ihm nicht. Junge Frauen sind schrecklich stur.

Also tat er alles, um es wieder gut zu machen.

Er erzählte mir, was er in der Welt erlebt hatte. Er las mit mir zusammen und brachte mir so das Lesen bei. Sogar ein paar Worte in anderen Sprachen lehrte er mich. Es beeindruckte mich, wie gebildet ihn seine Reisen gemacht hatten. Mir wurde klar, dass meine Welt viel kleiner und einfacher war als die, die er hatte kennenlernen dürfen. Aber er ließ mich das nicht mehr spüren.

Er beschloss, den Winter über im Dorf zu bleiben, er, der sonst die Welt sein Zuhause genannt hatte. Der Rest geschah wie von allein: Wir kamen uns näher. Im Frühling wollte er nicht länger fortgehen.

Zu dieser Zeit war ich nicht mehr das Mädchen, das er kennen gelernt hatte. Der Winter hatte mich reifen lassen durch die hundert Geschichten, die wir geteilt hatten. Und ich war mir längst nicht mehr zu gut.

Im Gegenteil, ich wusste inzwischen, dass ich nicht die schönste Frau der Welt war. Aber ich war doch stark und standfest. Das sah auch dein Großvater.

Eines kam zum anderen: Wir heirateten und führten den Hof meiner verstorbenen Eltern fort. Dein Vater, Ina, wurde geboren, ein überaus lebhafter und frecher Junge. Bald schon erfuhr ich, dass ich mit einem weiteren Kind schwanger ging.

Wir waren glücklich.

Jenseits des Dorfes aber wirkten Mächte, für die wir nichts wert waren. Schon damals bahnte sich der Krieg an, unter dem wir noch heute leiden.

Sie kamen in der Nacht, ganz in deren schwarzen Mantel gehüllt. Es waren Söldner.

Warum sie unser Dorf angriffen, weiß ich bis heute nicht.

Vielleicht kamen sie von einer Schlacht und waren noch im Blutrausch. Vielleicht wollte ein Herrscher an uns ein Exempel statuieren. Ich erfuhr es nie.

Schüsse und Schreie rissen mich aus dem Schlaf. Ein Blick aus dem Fenster und ich wusste, was geschah. Das Chaos war draußen allgegenwärtig.

Wir hatten keine Chance.

Zwar verriegelten wir die Tür und versuchten, durch den Hinterausgang zu fliehen, doch wurden wir dort bereits erwartet.

Dein Großvater war so tapfer, Ina. Er stach mit dem Messer mehrere Soldaten nieder und ging gar mit bloßen Fäusten auf sie los, als er seine Waffe im Kampf verlor. In seinen Augen brannte der unauslöschliche Wille, seine Familie zu beschützen.

Ich dagegen war völlig hilflos. Nur eines tat ich, als die Söldner ins Haus drangen: Ich lief zurück, um meinen Sohn unterm Bett zu verstecken. »Rühr dich nicht, bis ich wiederkomme«, wies ich ihn an. Mein armer, kleiner Junge sah mich voller Todesangst aus grünen Augen an und zitterte wie Espenlaub.

Ich riss mich von seinem Anblick los, lief zurück, um meinem Mann zur Hilfe zu kommen. Da trat ein Söldner die Schlafzimmertür ein.

Nie hatte ich so einen großen Mann gesehen. An seinem Körper schienen nichts als Muskeln zu sein. Das Haar war wild und schwarz, der lange Bart zu einem Zopf geflochten, die Augen blitzten in eiskaltem Blau.

Wie ein Dämon sah er aus. Ein Wesen, das einzig aus seiner unirdischen Welt geholt worden war, um Angst und Schrecken zu verbreiten.

Er ging mit donnernden Schritten auf mich zu. Ich sah nun, dass seine blutbespritzte Pranke etwas umschlossen hielt. Den Kopf meines Mannes. Sein Körper schleifte leblos und gebrochen hinterher.

Ich stand starr vor Entsetzen. So grässlich bohrte sich das Blau in meine Augen, dass ich es niemals vergessen werde. Das Wölfische in jenem Blick ging mir durch Mark und Bein. Schützend umfasste ich meinen Bauch, der ein wenig gewachsen war in den letzten Wochen.

Der Krieger ließ achtlos den Körper meines Mannes fallen, um mich zu packen. Ich wurde ins Dorf hinausgeschleift.

Alles Schreien, Toben und Flehen nützte nichts. Er hielt mich mit einer Kraft, der ich nichts entgegensetzen konnte. Mitten auf dem Dorfplatz, zwischen Kämpfenden und Sterbenden, stieß er mich zu Boden und riss mir die Kleider vom Leib.

Es war schlimmer als alles, was ich mir bis dahin hatte vorstellen können. Ich fühlte mich so entwürdigt, so benutzt. Ich weiß nicht, wie lange es ging, bis mich die Schwärze erlöste.

Irgendwann öffnete ich die Augen. Rauch und der Gestank von versengtem Fleisch drangen mir in die Nase. Das Dorf um mich brannte. Kein Söldner war zu sehen.

Ich rappelte mich auf. Der Schmerz in mir war unsäglich.

Nur einen Gedanken gab es, an den ich mich klammerte: Mein Sohn! Ich stolperte an den Leichen vorbei, die den Weg zu meinem Haus säumten.

Das Strohdach stand bereits in Flammen, aber irgendwie hielt alles noch zusammen. Ich schleppte mich, so schnell ich konnte, zum Bett. Dein Vater wartete dort immer noch auf mich. Er schluchzte verzweifelt gegen das fauchende Feuer an.

Ich nahm ihn auf meinen Arm und humpelte hinaus. Wir entkamen gerade noch, ehe das Haus hinter uns zusammenfiel.

Ich ging mit deinem Vater an der Hand durch eine schier endlose Nacht. Er weinte ohne Unterlass. Ich konnte nicht weinen, weil einer von uns stark sein musste. Mit jedem weiteren Schritt spürte ich, wie mich die zurückgehaltenen Tränen innerlich gefrieren ließen.

Dreizehntes Kapitel

Irgendwann konnte ich nicht mehr. Ich sank auf die Erde und mein Geist entschwand. Am liebsten wäre ich gar nicht mehr aufgewacht.

Als ich es doch tat, hielt dein Vater immer noch meine Hand. Vor uns standen ein Priester und eine Nonne. Er war schon alt, wie an seinen vielen Falten und dem schütteren Haar zu erkennen, doch waren seine Züge noch weich. Er schien hunderte von Lachfältchen im Gesicht zu haben, die braungrünen Augen leuchteten vor Güte. Die Nonne war noch jung, gerade in dem Alter, in dem andere Frauen Mütter wurden. Ihr hübsches Gesicht strahlte vor Sanftheit, der Glaube an das Gute stand in ihrem Blick.

Es waren Schwester Agnes und der alte Pater, den du nicht mehr kennenlernen durftest, Ina.

Die Geistlichen brachten uns in ihr verstecktes Dorf im Wald, wo wir aufgenommen und gepflegt wurden. Man gab uns eine kleine Hütte zum Leben und begüterte uns reich. Es dauerte eine Weile, bis ich soweit genesen war, dass ich von mir selbst aus mit anderen Menschen sprach. Dein Vater, Ina, blieb lange Zeit so gut wie stumm. Aber er und ich wurden unweigerlich in das Treiben der freundlichen Dorfbewohner gezogen. Sie waren voller Mitgefühl.

Mein Bauch wuchs mit den Wochen weiter. Ich hatte schreckliche Angst gehabt, dass mein Kind in jener Nacht gestorben wäre.

Als mir klar wurde, dass ich es doch zur Welt bringen würde, kam ein erster Funken Willenskraft in mir zurück.

Ich muss leben, sagte ich mir. Auch für meinen Mann. Hatte er doch sein Leben gelassen, damit ich mich und unsere Kinder aus den Flammen retten konnte.

Die Monate gingen ins Land. Sommer und Herbst verblassten, und mit ihnen die Schatten der Vergangenheit. In einer Winternacht brachte ich schließlich mein Kind zur Welt. Ich hatte schon eine Geburt durchgestanden, doch diese war der ärgste Kampf, den ich jemals austragen sollte. Stundenlang schrie ich in den Wehen. Draußen blitzte und donnerte es, als würde die Welt zusammenfallen.

»Gott schützt dich, Gwen!«, versuchte Schwester Agnes meine Stimme zu übertönen.

Ich zerquetschte geradezu ihre Hand, welche die meine hielt. Mit einem letzten durchdringenden Schrei endete es. Ich hörte erleichtert das Heulen des Neugeborenen.

Schwester Agnes hob mit leuchtendem Gesicht das Kind zwischen meinen Beinen hervor. »Oh Gwen, es ist ein Junge! Ein gesunder, starker Bursche.«

Mein Lächeln erstarb. Ich sah voller Entsetzen, was sie mir in die Arme geben wollte. Das Haar des Jungen war schwarz wie das Gefieder eines Raben. Mein Herz drohte auszusetzen, als er japsend die Lider auseinanderriss: Blau! Seine Augen waren blau!

»Das ist nicht mein Kind!«, schrie ich.

Die Bilder des blauäugigen Dämons leuchteten in mir auf. Mit einem Mal verstand ich, was geschehen war: In jener Nacht starb doch das Kind, das ich von meinem Mann bekommen hatte.

Stattdessen hatte ich den Samen des Bösen empfangen und dessen Kind ausgetragen.

Ich kreischte wie besessen. Schwester Agnes starrte mich entrückt an, versuchte auf mich einzureden, aber ich war nicht zu beruhigen. Ich selbst musste mich zwingen, wieder klar im Kopf zu werden. Schluchzend klagte ich der Nonne mein Leid. Sie hörte mir mit geweiteten Augen zu, das blutige, vor Hunger brüllende Kind in den Armen.

»Ich hole den Pater«, sagte sie dann.

Still nahm sie die nötigen Säuberungen vor, bevor sie den Raum verließ. Den weinenden Jungen band sie und legte ihn auf den Tisch. Ich lag da, nicht in der Lage, ihn anzuschauen.

Schwere Schritte ließen mich wissen, dass der Pater anwesend war. Ich hob den Kopf und sah ihn in seinem Talar. Nie hätte ich gedacht, dass sein Gesicht so streng sein könnte, so düster. Schwester Agnes stand mit gesenktem Blick hinter ihm. Langsam ging sie an dem Pater vorbei, um das Neugeborene aufzuheben.

»Wir werden sagen, dass der Junge tot ins Kindbett fiel«, flüsterte der Pater. »Es steht dir frei, mit dem Wechselbalg zu tun, was du willst, Gwen.«

Schwester Agnes reichte mir das Kind, das erbärmlich wimmerte. Ihre Augen waren nass.

Der strenge Blick des Paters erfasste mich. Er wusste wie ich, dass es nur ein Schicksal für den Jungen gab.

Ich nahm ihn zitternd entgegen und festigte mich geistig für das Kommende. Durch Schnee und Nacht, mich und den Jungen in einen Mantel gewickelt, ging ich in den Wald.

Ich drückte ihn gegen meine Brust, um seine Schreie zu ersticken.

Als die Lichter des Dorfes kaum noch durch die Schneewehen schimmerten, blieb ich stehen. Ich kniete nieder und legte den Jungen, der nur in ein paar Leinentücher gewickelt war, auf den Waldboden. Er schrie und schrie, dass es in meinen Ohren wehtat.

Ich wühlte im Schnee neben ihm. Meine Finger schmerzten schon vor Kälte, als ich endlich einen faustgroßen Stein hervorzog. Bebend hob ich die Hand, direkt über den Kopf des Jungen. Dann brach ich mit einem Schluchzen zusammen.

Niemals würde ich ihn erschlagen können. Er schrie so voller Leben.

Also ließ ich ihn liegen.

Er wird erfrieren, sagte ich mir. Und wenn nicht, dann holen ihn die Wölfe.

Wie oft rief ich Gott auf meinem Rückweg an, er möge mir vergeben …

Der Junge war bei der Geburt gestorben, hieß es. Ein Kreuz wurde ihm aufgestellt, mit einem leeren Grab darunter.

Nach jener Nacht wollte ich mich zwingen, zu vergessen. Ich wollte mit dem Jungen glücklich werden, den ich noch besaß.

Es mussten viele Jahre dafür vergehen. Dein Vater lernte deine Mutter kennen, brachte sie heim, heiratete sie, Leonore kam zur Welt. Wir hatten erstmals das Gefühl von »Familie« wiedergefunden, das wir einst verloren hatten.

Zwanzig Jahre war es her, seit die Flammen unser Heimatdorf fraßen. Dann begann die Wolfsbestie aufzutauchen.

Der Jäger – noch Skandars Vater zu jener Zeit – berichtete von einem seltsamen Wesen, das er im Wald gesehen hatte. Es lebte mit einem Wolfspack zusammen, schien aber kein Wolf zu sein.

Mein Herz wurde immer enger, je mehr ich von diesen Geschichten vernahm. Auch andere, die in den Wald gingen, sahen jenes Wesen, das uns alle zu beobachten schien.

Schließlich kam der Tag, da es sich uns offenbaren sollte.

Ich weiß noch, ich war im Garten und stickte. Die Sonne ging gerade unter, als die ersten Schreie laut wurden: »Es ist hier! Direkt vor unserem Dorf!«

Ich ließ sofort alles fallen, raffte die Röcke und lief.

Am Dorfrand hatte sich bereits eine große Menschenmenge versammelt. Der Jäger stand davor, eine Fackel in der Hand, den Pater und Schwester Agnes an seiner Seite.

Ich kam neben ihnen zum Stehen, folgte ihren Blicken mit meinem.

Am Waldesrand, nur ein paar Schritte entfernt, war etwas in den Büschen.

Groß und dunkel hob es sich aus dem Gehölz.

»Was ist das?«, hörte ich den Jäger fragen.

Ich wollte die Antwort nicht wissen. Und doch musste ich.

Das Wesen trat hervor. Im Schein der Fackel konnte ich seine blauen Augen erkennen. Mir drohten die Beine zu versagen.

Mein Sohn.

Er war so groß und mächtig geworden wie der Mann, der mich damals mit Gewalt genommen hatte. Der Wolf war ihm in Fleisch und Blut übergegangen.

Ich sah den Pater, wie er mit erhobener Kreuzkette einen Schritt nach vorne tat. Auch er wusste, wessen Kind es war. Ich konnte es in seinen Augen lesen.

»Weiche, Kreatur der Hölle!«, brüllte er.

Der Wolfsmensch schien ihn nicht zu verstehen, lief er doch auf das Dorf zu.

Die Leute um mich herum schrien in Panik auf.

Ich dagegen war gelähmt.

Die Dorfleute sahen in dem Wesen, das auf uns zu kam, ein blutrünstiges Monster.

Ich, seine Mutter, sah in seinen blauen Augen etwas anderes: Sehnsucht.

Vor meinem inneren Auge erlebte ich, wie die Wölfe den Schreien eines Neugeborenen durch Schnee und Nacht folgten. Es sah so armselig aus, noch runzelig und rot, völlig allein gelassen. Eine Wölfin, die gerade erst ein Junges verloren hatte, schützte es vor der Meute, nahm es mit –

Ein Jaulen holte mich ins Hier und Jetzt. Der Jäger stieß mit der Fackel nach dem Wolfsmann, der winselnd vor den Flammen zurückwich.

Noch immer schrie der Pater seine Verwünschungen, während die Menge zu einem angsterfüllten Brüllen anstimmte. wurde geworfen. Ich zuckte von dem erneuten Winseln zusammen.

Mit Schreien, Steinen, Feuer, schließlich mit Schüssen wurde der Wolfsmensch vertrieben. Körper und Blick gebrochen, lief er in den Wald zurück und verkroch sich in den Schatten.

Fortan sprach niemand im Dorf über den Vorfall. Wenn, dann munkelnd und mit vorgehaltener Hand. Das Biest, so sagte man, sei geflohen. Über die Jahre wurde alles vergessen.

Aber der Wolf war nicht fort. Ich sollte meine Strafe durch ihn erst noch erhalten – und das Schlimmste war, nicht am eigenen Leibe.

Deine süße Schwester Leonore musste für mich büßen, Ina.

Als Skandar mir berichtete, wie er sie zugerichtet im Wald gefunden hatte, brach die Welt für mich zusammen. Ich erkannte, dass ich meinen eigenen Fluch damals in den Schnee gelegt hatte. Der blauäugige Dämon hatte mich bis zuletzt verfolgt.

Wie hätte es anders kommen können?

Der ungewollte Wolfssohn musste das einsamste Wesen der Welt gewesen sein.

Wohin er sich auch wandte, traf er auf Ablehnung. Es gab nirgendwo einen Platz für ihn. Also jagte er die Illusion von Liebe auf die einzig ihm bekannte Art: Mit wölfischer Grausamkeit. Wie er Wild niederjagte und fraß.

Ich weiß nicht, warum Leo die Erste sein musste.

Vielleicht hat er meinen Geruch, den Geruch seiner Mutter, an ihr wahrgenommen? War es Schicksal? In jedem Fall war Leo diejenige, in der er Geschmack an jungem Mädchenblut fand. Er, in Leid und Schnee geboren, von Wölfen aufgezogen und allseits verstoßen.

Wir Dorfbewohner verjagten ihn und nahmen ihm so die Chance, jemals ein Mensch zu werden.

Part V
Das wahre Gesicht

Letztes Kapitel

»Das ist nur eine Geschichte«, wisperte Irina. »Ich bin kein kleines Mädchen mehr. Du machst mir keine Angst damit.«

»Oh, Ina … Es ist alles wahr. *Das* ist meine Geschichte.«

Irina versagte der Atem. Ein plötzlicher Schwächeanfall zwang sie in die Knie. Sie musste sich an der Kirchenbank abstützen. »Soll das heißen, Wolf ist mein Onkel?«

»Ja.«

Irinas Atem ging schwer. »Ich … ich … ich konnte das doch nicht wissen!«

»Natürlich nicht, Ina-Schätzchen.« Die Großmutter sprang auf und ergriff Irinas Hände. »Und du musst auch weiterhin so tun, als ob du nichts weißt. Nur so kannst du dich vor der größten Schande retten. Auch wenn Skandar dich nicht mehr …« Sie wurde von einem Schluchzer geschüttelt. »Oh Ina, ich wollte nur das Glück für dich, das ich nicht haben durfte!«

Irina sah ihre Großmutter an, wie sie klein und versunken vor sich hin weinte, und verstand auf einmal alles. Sie entzog sich der Alten sofort. »Deshalb hast du immer getan, als wärest du krank. Weil du mich immer bei dir haben wolltest. Für dich selbst und um mein Leben zu steuern.«

Die Großmutter biss sich auf die Lippe.

»Es stimmt also.«

Wut sammelte sich in Irinas Bauch an, langsam, leise und dunkel.

»Jetzt soll ich alles vergessen? Um uns das Trugbild einer heilen Welt aufrecht zu erhalten? Großmutter, wach auf!«

Eine Träne brannte Irinas Wange entlang.

»Seit Leo habe auch ich alles getan, um zu vergessen. Eine Zeit lang ging es gut. Doch Geister kann man nicht durch Schweigen umbringen. Nein, ich mache nicht den gleichen Fehler wie du. Ich stelle mich der Vergangenheit.«

Die Großmutter sah sie an, hilflos wie ein Soldat, der seine Munition verschossen hat. »Du hast dich entschieden.«

Irina nickte fest.

Die Großmutter hatte Arm und Mantel um Irinas Schultern gelegt, als sie beide aus der Kirche gingen. Vor deren Tür standen Stecken und Kröte Wache.

»He, was tust du, alte Gwen?«, keuchten die Jungen.

»Irina gehen lassen.«

»Nein, nein, sie muss in der Kirche bleiben! Skandar hat uns befohlen –«

Die Großmutter drückte die Schultern von Irina und flüsterte ihr ins Ohr: »Renn, Liebes.«

Das ließ Irina sich nicht zweimal sagen. Stecken und Kröte stellten sich ihr in den Weg, worauf sie beide zur Seite stieß. Wie der Wind raste Irina durch das Dorf. Schreie wurden laut, aber keiner schaffte es, sie aufzuhalten. Sie rannte unbehelligt zum Dorftor hinaus.

Keine Wachen standen mehr dort – alle waren mit Skandar zur Jagd ausgerückt.

Der Wald verschluckte Irina.

Schnee zerstob unter ihren Füßen, Dampf bildete sich vor ihrem Mund. Der Mond schimmerte durchs Blätterwerk und beleuchtete dunkelrote, fast verwischte Tropfen auf ihrem Weg. Tief im schwarzen Bauch des Winterwaldes konnte sie Stimmen hören. Sie folgte ihnen, nicht wissend, was sie im Herzen der Finsternis erwarten würde.

Ein rotes Licht glomm zwischen den Stämmen hervor. Irina glaubte, dass es die Fackeln der Jagdgesellschaft waren. Sie stürmte vor, so gut sie es im Gebüsch konnte. Je weiter sie lief, desto mehr bekam sie Sicht auf eine rotbeleuchtete Lichtung. Ein Bach schnitt sich dort schlangengleich hindurch. Irina konnte nun den Pulk der Dorfbewohner sehen, der sich am Wasser versammelt hatte. Und ein Stück von ihnen weg …

Sie stürzte auf die Lichtung hinaus. »Hört auf!«

Wolf stand auf allen Vieren im seichten Wasser, mit glühend blauen Augen, die Zähne gebleckt. Skandar hatte sich direkt vor ihm aufgebaut, die Flinte erhoben.

Jäger und Gejagter waren zum Zerreißen angespannt, zum sofortigen Angriff bereit.

»Töte es, Skandar!«, brüllten die Dorfbewohner. »Töte es!«

Irinas Schrei blieb ungehört – Wolf sprang auf den Jäger zu. Bevor Skandar schießen konnte, bohrte der Tiermensch ihm die Zähne in die Schulter.

Die beiden gingen ineinander verkeilt zu Boden.

Irina fiel die Senke zum Fluss fast hinunter, so schnell lief sie.

Skandar – vollkommen unter Wolf begraben, der sich in seinem Fleisch festgebissen hatte – gelang es, ein Messer aus seinem Gürtel zu ziehen. Er rammte es seinem Gegner ins Bein, der heulend von ihm abließ. Voller Hass stierten die Kämpfenden einander an, machten sich für den nächsten Angriff bereit.

Irina sprang zwischen sie. »Ich sagte: Hört auf!«

Sie stellte sich mit erhobenen Armen vor Wolf. Seine blauen Augen betrachteten sie mit einer Spur von Erstaunen.

»Was tust du hier?«, zischte Skandar hinter ihrem Rücken.

Sie drehte den Kopf zu ihm herum. »Verhindern, dass ihr euch gegenseitig umbringt!«

Die Dunkelheit, die ihr in Skandars Augen begegnete, ließ sie erzittern. Blut lief von seiner zerbissenen Schulter den Arm hinab.

»So? Wenn heute Nacht einer fällt, ist es unausweichlich.«

Irina keuchte, als Skandar sie von hinten am Hals packte. Er zog sie an sich und drückte zu.

Wolf fauchte. Obwohl ihn seine Beinverletzung hätte hindern sollen, lief er los.

»Ich wusste doch, dass das Tier sich um dich sorgt«, lachte Skandar. »Ja, komm nur näher!«

Vor Irinas Augen tanzten schon schwarze Punkte. »Wolf, nein!«, rief sie erstickt.

Der Wolfsmensch verstand sie nicht. Er sprang.

Skandar stieß Irina von sich. Hustend und nach Luft schnappend fiel sie zu Boden.

Ein Gurgeln erklang.

Mit aufgerissenen Augen hob Irina den Kopf: Skandars Messer steckte mitten im Bauch von Wolf. Der Tiermann wurde im Sprung aufgeschlitzt.

»Nein!«, heulte Irina.

Skandar grinste triumphierend, als ihn das Blut des Wolfsmannes bespritzte. Dieser ging mit jämmerlichem Wimmern nieder.

Die Dorfbewohner tobten vor Begeisterung.

Irina wollte Wolf zur Hilfe kommen, wurde aber zu Boden gedrückt. Sie drehte den Kopf und sah in das Gesicht von Schwester Agnes. Es war ganz versteinert, wie zur Maske geworden.

Die Nonne hielt Irina mit hartem Griff, während weitere Dorfbewohner kamen, um ebenfalls zuzupacken.

»Warum, Schwester?«, klagte Irina. »Wie kannst du das zulassen? Du weißt, was geschehen ist!«

Die Nonne zeigte keine Regung.

Irina sah hilflos, wie sich Skandar über Wolf aufbäumte. Der Tiermensch lag japsend im Wasser, das unaufhörlich Blut aus seinen Wunden spülte. Skandar hob die Hände und ballte sie zu Fäusten, bevor er sie niedergehen ließ.

Wolf schrie in Agonie.

Irina weinte vor Verzweiflung, da Skandar immer härter zuschlug. Wolfs Laute wurden kläglicher und kläglicher, bis sie kaum ein Wimmern waren.

Skandar hielt schließlich inne, um mit seinen Händen im Flussbett zu wühlen. Er hob einen Wackerstein auf. Sein Gesicht verzog sich. Offenbar schmerzte seine Schulterwunde. Doch die Mordlust war größer.

Höher und höher hob Skandar den Wackerstein. Da geschah das Unfassbare.

»Wolf!«

Irina musste erst begreifen, wem diese Stimme gehörte, so zittrig, schwach und hilflos. Dann erkannte sie, dass es die des Tiermannes war.

»Wolf! Wolf!«

Er sprach das Wort, das Irina ihm am meisten gesagt hatte. Sie war nicht die Einzige, die es hörte. Schwester Agnes schnappte erschrocken nach Luft, wie auch alle anderen Dorfbewohner.

»Wolf! Wolf! Wolf!«

Da drang ein Schluchzen aus Schwester Agnes: »Halte ein, Skandar! Das ist ein Mensch!«

Der Jäger starrte irritiert den Wolfsmann an, der sich zu seinen Füßen wand und winselte. »Es kann sprechen?« Der Wackerstein klatschte in den Fluss zurück.

Irina schaffte es, sich den schlaffer werdenden Händen zu entwinden. Ihr Blick fiel auf die Flinte im Schnee, die Skandar während des Kampfes verloren hatte, ohne sie zu betätigen. Irina brauchte gar nicht erst nachdenken. Blitzschnell lief sie auf die Waffe zu, hob sie auf und richtete sie gegen Skandar.

Die Dorfbewohner schrien vor Schreck.

»Nicht!«, rief Schwester Agnes.

Irina hörte nicht hin: »Geh weg von Wolf, Skandar!«

Der Jäger schaute nur kalt. Dann sah er zum Wackerstein hin.

»Denk nicht daran«, zischte Irina.

Skandar ignorierte sie, streckte die Hand nach dem Wackerstein aus.

»Du wirst nicht abdrücken.« Er lächelte spöttisch. »Dirne.«

Irina hatte nichts als einen müden Blick für ihn übrig. »Du machst es mir so leicht.« Und sie schoss.

Sie zuckte nicht mit der Wimper, als das Schrot Skandars Kopf und Oberkörper aufriss. Der Jäger fiel sofort um, ohne einen Schrei, und klatschte in den Fluss.

Stille breitete sich aus. Hundert Blicke des Entsetzens gruben sich Irina in den Rücken. Sie schaute von Skandar zu Wolf und fühlte sich leer. Dann warf sie die Flinte zu Boden und ging auf den Tiermenschen zu. Er lag schwer atmend im Flussbett und presste noch immer jenes einzige Wort hervor.

Irina kniete sich neben ihn. Sachte, um ihn nicht noch mehr zu verletzen, bettete sie ihn auf ihren Schoß. Sie zwang sich, ihm ins entstellte Gesicht zu sehen. Nur eines seiner blauen Augen fand noch ihren Blick, das andere war zugeschwollen.

»Ich vergebe dir«, flüsterte Irina und hauchte ihm einen Kuss auf die heil gebliebene Stirn.

Sein Auge wurde nass, bevor sein Blick ergraute.

Ein letztes, raues Wolfsheulen drang aus ihm heraus. Stumpfer und stumpfer wurde das Augenblau, bis nichts mehr davon übrig war. Der Fluss rauschte in der Stille.

Irina konnte ihre Tränen nicht freilassen. Stumm ließ sie den leblosen Körper aus ihren Armen gleiten und richtete den Blick auf die Dorfbewohner.

»Ja, er war ein Mensch wie ihr! Aber weil ihr herzlos und kalt und feige seid, konntet ihr es nicht sehen. Er wurde zum Monster, weil ihr ihn so behandelt habt!« Sie riss den Kopf zu Schwester Agnes herum. »Sag es ihnen! Sag ihnen, wo der blauäugige Wolfsjunge herkam.«

Die Nonne schlug zitternd die Augen nieder.

»Dann sage ich es.« Irinas Stimme schwelte vor Entschlossenheit: »Der Wolfsmann war der Sohn der alten Gwen. Das Kind, von dem ihr alle sagtet, es wäre gestorben!«

Hunderte von aufgerissenen Augen starrten sie an.

»Lügnerin!«, wurden die Rufe laut.

Sie schwollen zu einem dunkler werdenden Dröhnen an, bis die Dorfbewohner als eine einzige schreiende Masse über Irina fluteten. Sie ging mit einem erstickten Laut in den Wogen des Zorns unter. Überall zerrten sie an ihr, an ihren Kleidern, ihren Haaren, Armen und Beinen, dass sie fürchtete auseinandergerissen zu werden. Der Menschenstrom zog sie mit einer Gewalt mit sich, der sie nichts entgegen setzen konnte.

»Um Gottes Willen, aufhören!«, schrie Schwester Agnes.

Vergeblich – es ging gänzlich in dem Tosen unter.

Irina konnte nicht sehen, wohin sie gebracht wurde. Nichts als klammernde Körper und Augen des Hasses umgaben sie.

Ihre Füße wurden immer wunder, weil sie so über den Boden geschleift wurde, sie fand kaum Luft zum Atmen.

Als sich die Menge endlich lichtete, erkannte Irina, dass sie zum Dorfplatz geschleppt worden war. Sie fiel auf die Knie. Eisenhart wurde sie gehalten, während vor ihren Augen ein Holzhaufen aus dem Boden wuchs. Stück für Stück trugen die Dorfbewohner ihn vor der Kirche zusammen.

Irina hatte keine Angst. Auch nicht, als sie gefesselt und zu ihrem Scheiterhaufen gezerrt wurde. Aus allen Augen schrie es: Verflucht!

Irina sah die Reihen entlang. Irgendwo war ihre Großmutter. Und Schwester Agnes. Und Stecken mit Kröte. Aber es war Irina nicht länger möglich, Menschen in der Meute zu erkennen.

Alle würden tun, als hätten sie nichts gehört, wie all die Jahre. Das Feuer würde es beenden, wie einst Irinas Kindheit. Bald wäre sie Asche wie ihre Familie. Doch sie fürchtete sich nicht davor – das Dorf fürchtete sich vor *ihr*.

Irina wartete auf das unvermeidliche Ende.

Da zerriss ein ohrenbetäubendes Krachen die Luft. Irina drehte den Kopf.

Die Palisade zerfetzte. Splitternd brach das Holz auf, eine Kanonenkugel schoss hindurch und schmetterte in ein Hausdach.

Alle schauten wie gelähmt auf die zerrissene Dorfmauer. Dahinter erklang ein Brüllen. Irina kannte nur zu gut die fauchende Stimme, die sich wie ein Donnergrollen dem unbewachten Dorf näherte.

Der Krieg hatte sie gefunden.

Irina sah ihm mitten in sein brennendes, verdammtes Gesicht, als seine Feuerarme das Dorf zerschlugen, um sie zu holen.

Schreie des Entsetzens gingen in allgegenwärtigem Bersten unter.

Irina schrie nicht. Soweit es ihre Fesseln zuließen, reckte sie sich den alles verschlingenden Flammen entgegen, in denen die Schatten von Wolf und ihrer Familie tanzten.

Und sie lächelte.

Über die Autorin
Nora Bendzko

Geschrieben hat die 1994 geborene Münchnerin von Kindheit an, meist fantastische Texte.
Einmal begonnen, hat das Schreiben sie nicht mehr losgelassen.
Der Wunsch, Literatur zu einem festen Bestandteil ihres Lebens zu machen, brachte sie nach Wien, wo sie seither die Deutsche Philologie studiert.

Neben dem Studium arbeitet sie als Lektorin. Wenn sie nicht schreibt, singt sie leidenschaftlich. Beide Passionen darf sie in der Progressive-Metal-Band »Avem« und der Heavy-Metal-Band »Nightmarcher« ausleben.

Mit den »Galgenmärchen« verwirklicht sie ihre ganz eigene Selfpublishing-Reihe. Der erste Band »Wolfssucht« gelangte in die Top 5 vom Deutschen Phantastik Preis 2017, der zweite Band »Kindsräuber« in die Top 3 vom Seraph 2018 als »Bester Independent Titel«. 2019 wurde auch »Hexensold« als »Bester Independent Titel« für den Seraph nominiert.

Mehr Informationen und Kontakt

norabendzko.com
facebook.com/norabendzkooffiziell
twitter.com/NoraBendzko

Druck:
Canon Deutschland Business Services GmbH
im Auftrag der KNV-Gruppe
Ferdinand-Jühlke-Str. 7
99095 Erfurt